Vasto mundo

Maria Valéria Rezende

Vasto mundo

2ª reimpressão

Copyright © 2001, 2015 by Maria Valéria Rezende

Grafia atualizada segundo o Acordo Ortográfico da Língua Portuguesa de 1990, que entrou em vigor no Brasil em 2009.

Capa
Diogo Droschi

Revisão
Ana Grillo
Tamara Sender
Rita Godoy

CIP-Brasil. Catalogação na publicação
Sindicato Nacional dos Editores de Livros, RJ

R357v
    Rezende, Maria Valéria
        Vasto mundo / Maria Valéria Rezende. – 1ª. ed. –
    Rio de Janeiro : Objetiva, 2015.

    168 p.

    ISBN 978-85-7962-361-5

        1. Ficção brasileira. I. Título.

                    CDD:869.93
14-17626   CDU: 821.134.3(81)-3

[2022]
Todos os direitos desta edição reservados à
EDITORA SCHWARCZ S.A.
Praça Floriano, 19, sala 3001 — Cinelândia
20031-050 — Rio de Janeiro — RJ
Telefone: (21) 3993-7510
www.companhiadasletras.com.br
www.blogdacompanhia.com.br
facebook.com/editora.alfaguara
instagram.com/editora_alfaguara
twitter.com/alfaguara_br

Vasto mundo

Em memória de minha mãe, Maria Cecy,
que primeiro me contou histórias
e me ensinou que elas se inventam
à vontade.

Amanhã é que ia ser mesmo a festa, a missa, o todo do povo, o dia inteiro. Dião de dia!

GUIMARÃES ROSA

Sumário

A VOZ DO CHÃO I	13
Vasto mundo	15
Não se vende jumento velho	21
Medo	31
A guerra de Maria Raimunda	37
A obrigação	43
Olhares	49
Um amor de outro mundo	57
O tempo em que dona Eulália foi feliz	69
A VOZ DO CHÃO II	83
Boas notícias	85
Pela tristeza da mãe	93
Morte certa	99
É só a vida mesmo	105
A VOZ DO CHÃO III	111
Sorte no jogo	113
Aurora dos Prazeres	125

Sonhar é preciso	133
Ressurreição	141
O azul e o encarnado	145
Vou-me embora...	157

A voz do chão I

Tantos pisam este chão
que ele talvez um dia se humanize.

CARLOS DRUMMOND DE ANDRADE

Eu os conheço a todos. Reconheço-os pelas pisadas e por elas sei de seus humores, de seus sentimentos, de suas urgências, preguiças, de seu contentamento ou aflição. Sei de sua grandeza e mesquinhez. Leio seus passos quando apenas roçam minhas lajes em corridas alegres de pés pequenos ou quando me oprimem com o peso de vidas inteiras. Foi seu tropel incessante que me despertou do meu sono de pedra. Só eu os conheço a todos porque só eu estou sempre neles como eles estão em mim. Eles me criaram e agora eu os crio. Quero-os como são porque quando eles deixarem de ser, tampouco eu serei. Não os posso fazer como eu os quisera, sempre formosos, felizes, generosos e livres, mas como mãe os crio, tais quais me vieram, acolho-os. Sou seu chão. Vejo tudo e não os julgo, sei apenas que são humanos e me comovem. Pela linguagem de seus pés, vou desenlaçando suas histórias uma a uma. Vivem eles mesmos, a vida toda, a narrar, narrar-se, passado, presente e futuro. Meus ouvidos de terra, pedra e cal ouvem, e aprendo. Creio ter compreendido que nisto consiste o serem humanos, em poderem ser narrados, cada um deles, como uma história.

Vasto mundo

A moça chegou do Rio. Logo se vê... tão alvinha! Saiu daqui miúda, não diferenciava em nada das outras meninas da escola municipal. Foi o padrinho que a levou. Voltou essa moçona. Veio passar o São João. No meio das outras moças, na frente da igreja, ela agora diferencia até demais. O vestido bonito, mais altura, as unhas compridas e vermelhas, movendo os braços, dando voltas e requebros enquanto fala. E fala sem parar. As outras, mais matutas ainda junto dela, são apenas moldura para o quadro. Para os olhos de Preá, nem moldura. Não existem. Não existem mais a igreja, a praça, a vila, nada. Só a moça.

Preá... outro nome não tem. Quem poderia dizer era a velha, mas morreu sem que ninguém se lembrasse de perguntar. Para a maioria do povo de Farinhada, hoje parece que ele esteve sempre aqui, que sempre foi assim, uma coisa da vila como a igreja, a ponte sobre o riacho, os bancos de cimento da pracinha. Mas alguém se lembra: chegou um dia com a velha que chamava de avó, meio cega, meio mouca, meio fraca do juízo. O menino, não se sabe que idade tinha... Alguma coisa entre oito e treze anos. Quem pode saber? Fraquinho, enfezadinho como todo filho da miséria. Disseram que vinham do Juá.

Qualquer canto da Paraíba tem rua, fazenda, sítio com esse nome. Também, ninguém perguntou muita coisa: uma velha perto de morrer e um menino vivendo só de teimoso... Neco Moreno deixou ficar nos restos da casinha de taipa e palha, no canto do sítio dele, já bem junto do arruado. Preá amassou barro, tapou os buracos, pediu palha daqui e dali, vivia ajeitando o telhado. Continuou sempre assim, aquele capricho com a casa, alisando as paredes, reparando rachaduras, até caiação... Preá faz tudo sozinho, sempre fez tudo sozinho.

Preá não sabe que coisa é esta acontecendo dentro dele. Começou quando bateu com os olhos na moça. Uma queimação dentro do peito, uma nuvem na vista que esconde tudo que não é a moça, os ouvidos moucos para tudo o que não seja a voz dela. Nem com Edilson, o amigo quase irmão, Preá não quer conversa. Um sentimento que parece tristeza, mas não é. Pelo menos não é daquela tristeza de quando a avó morreu nem de quando o cachorro sumiu. Preá não sabe o que é. Doença também não é, que muitas vezes ele ficou doente e era coisa diferente. Pode ser o juízo enfraquecendo. O povo já diz que ele é fraco do juízo, igual à avó. Agora ele está ficando também cego e mouco, igual à avó. Igual não. É diferente, diferente de tudo o que ele conhece.

A morte da avó mudou pouca coisa na vida de Preá. A tristeza que lhe deu de pouco em pouco foi se acabando. De noite, sozinho, a casinha parecia maior e mais vazia, por uns tempos. No mais, ficou tudo igual, só que não precisa mais levar a lata de comida para casa. Encosta na porta da cozinha de qualquer um, recebe o prato com o que vier, come ali mesmo, "obrigado, dona, até amanhã".

Desde o começo houve uma espécie de contrato, nem escrito nem falado, entre Preá e o povo de Farinhada.

O menino fazia qualquer serviço que pudesse, para quem pedisse, sem botar preço e nem receber pagamento. Do outro lado, ninguém lhe negava um caneco de café, um prato de comida, uma roupa velha ou, quando ficou maiorzinho, uma dose de cana ou uma carteira de cigarro barato. Bom como ninguém para fazer mandado que tenha pressa, levar recado urgente, levar pacote, buscar a ferramenta ou o carretel de linha que falta para terminar um trabalho. Foi crescendo, aprendendo outros serviços, artes, muita coisa pode-se pedir a ele. O contrato com o povo continua o mesmo. Preá, fiel, sempre na pracinha ou na rua do meio, ao alcance de um grito. Quando não tem serviço, encosta-se na parede... Espera. Jamais sai da vila. Sua casinha na ponta da rua é o limite do mundo. No mundo rural de Farinhada, Preá é urbano, da parca urbanidade da vila.

O dia de Preá, que começa quando a barra do dia raia por cima da Serra do Pilão, vira de novo noite quando a moça aparece na praça, manhã alta. É como estar dormindo e sonhando coisa nunca vista, beleza nunca imaginada. Muitas vezes já não ouve quando gritam por ele, já não vê quando lhe acenam, já não fica encostado na parede da bodega esperando chamado, perde-se a caminho dos mandados, engana-se nos recados. Perdeu todos os rumos, menos o da moça. No rumo dela desvia-se de todos os caminhos, vai cada dia mais longe de tudo, mais perto dela. Já se começa a comentar na vila que Preá não é mais o mesmo. "Está ficando mais leso, preguiçoso, esse menino..."

A moça lá no banco da praça, debaixo do jambeiro, cercada pelas outras que querem ser como ela, falando, gesticulando, mostrando-se. Os rapazes voltam mais cedo do roçado, banham-se, perfumam-se, vestem a roupa do São João e vão vê-la na esperança de serem vistos. Preá não teve roupa nova no São João, por fora é o Preá de sempre, por dentro só a luz da moça. Preá, mariposa, chega cada dia mais perto do jambeiro, mais perto dela. No princípio ninguém notava o menino ali parado, os olhos presos na moça alva. Ele tem a invisibilidade das coisas que sempre estiveram presentes. Mas quando dona Inácia se cansou de chamar por ele, sem resposta, foi que toda a gente viu: "Preá está lá, feito besta, olhando pra moça." "Eh, Preá, está gostando da carioca? Olhe só, Leninha, Preá está louco por você. Quer namorar, Preá?" E o coro: "Preá apaixonado! Preá apaixonado!" Ela achou graça, fez sinal: "Vem cá, meu bem, senta aqui perto de mim." Ele foi, levado pelo vento, pelo olhar... Pelas pernas não foi que não as tinha mais, nem braços, nem corpo, só os olhos e o coração feito zabumba. Não ouviu os gritos, o riso, a mangação. Viu a moça olhando para ele, rindo para ele, a mão macia no joelho dele. "Se você gosta mesmo de mim, Preá, vou namorar com você. Só com você e mais ninguém. Mas tem que fazer uma coisa para mostrar que gosta mesmo de mim: domingo quero ver você subir até na ponta da torre da igreja e me jogar um beijo lá de cima."

Farinhada toda já sabe do amor de Preá e da exigência da moça. Apostam que ele sobe, que ele não sobe. A torre da igreja é alta e fina como uma agulha, como as da terra do padre Franz, que a mandou fazer. Edilson já fez de tudo para abrir os olhos do amigo, mas que nada! Dona Inácia também diz que é maldade da moça, diz a Preá que não suba. Mas o povo espera o domingo com mais interesse do que o clássico jogo de sábado contra o Itapagi Esporte Clube. "Preá é leso, vai subir mesmo..." Cuidaram até para o padre não ficar sabendo de nada e não proibir a escalada da torre. Erlinda está fazendo coxinhas para vender na praça durante o acontecimento. Disseram que vem um caminhão de gente do sítio Ventania só para ver.

Preá não viveu quinta, nem sexta, nem sábado. Nada viu, nada ouviu, nem dormiu nem acordou. Pairou desencarnado em alguma dimensão misteriosa. Voltou ao mundo com o badalar do sino. Não vê a praça enchendo--se de gente, nem ouve os gritos, assobios e aplausos, só o zunido do vento aumentando. Sobe, para cima, mais para cima. Não sente as palmas das mãos escalavradas, não sente as plantas dos pés em sangue, não tem medo. Preá é leve, forte, pode tudo, tem asas. Mais, um pouco mais... Lá em cima, a moça, o beijo. Não percebe que aos poucos a praça silencia, tensa, admirada. Agora, mais um pouco e sua mão toca a cruz, agarra-se. Preá respira todo o ar do mundo e olha: lá embaixo o carro preto, a mala, a moça acenando. Só quando o carro que leva a moça desaparece ao longe, numa nuvem de poeira, é que o olhar de Preá, liberto, encontra o horizonte. Lá de cima passeia, vaga, vê. E Preá descobre que vasto é o mundo.

Não se vende jumento velho

Padre Franz é patrimônio perpétuo de Farinhada. Já deixou em testamento que quando morto quer ser enterrado no cemitério velho, no cocuruto da Serra do Pilão. Aliás, é só isso que consta em seu testamento, pois a quem poderiam interessar os velhos livros em alemão?

Há vinte e cinco anos vive na vila. No vigor de seus quarenta anos, em meio a uma brilhante carreira de teólogo, deixou uma abastada e tranquila paróquia às margens do Danúbio e sua cátedra numa universidade alemã, entusiasmado com a recém-nascida Teologia da Libertação, a Igreja da América Latina e sua opção preferencial pelos pobres. Acabou desembarcando em Farinhada para ficar. Padre alemão, teólogo de certa fama e livros publicados, o bispo quis dar-lhe uma paróquia de peso, confiar-lhe responsabilidades pastorais na diocese. Franz pediu desculpas e recusou. Viera para os mais pobres, para conviver e partilhar seu destino com eles, reaprender com eles sua teologia e a vida evangélica. Não queria nem ser vigário de paróquia, desejava apenas um povoado e uma capelinha de pouca importância. Trouxe pouca bagagem, algumas mudas de roupa adequadas ao clima tropical, uma velha máquina de escrever, muitos livros e uma mania: a parapsicologia.

Tomou-se de amores por Farinhada à primeira vista. A vila correspondeu-lhe imediatamente; jamais tinha tido um padre residente, apenas missionários que passavam às pressas, rezavam missa, desfiavam um sermão quase sempre incompreensível, batizavam, casavam, ouviam as confissóes e partiam. Afora as rezas e novenas comandadas por Margarida de Nhozinho, o povo de Farinhada tinha de se deslocar até Itapagi para resolver as necessidades religiosas que demandavam sacerdote. A chegada de padre Franz elevava a vila a uma categoria superior. Simpatizaram logo com o homenzarrão careca e vermelho de fala arrevesada que dava grandes gargalhadas, cantava com voz de arcanjo, brincava com os meninos na rua, ajudava as mulheres a carregar água, jogava futebol com os rapazes, pegava desajeitadamente na enxada, querendo ajudar nos roçados, e tinha longas conversas com os homens na praça, sempre querendo aprender a falar como a gente.

Consertou com suas próprias mãos uma serafina velha de fole furado que, por isso mesmo, tinha sido doada por uma paróquia grande para a capela de Farinhada. Ensinou Severino Santos a tocar e organizou um coral para a capela. Dominando melhor a língua, começou a criar mil e uma atividades religiosas e sociais que envolviam meio mundo em Farinhada e mesmo nos sítios mais distantes. Rodava por toda parte no jipe velho que o bispo lhe dera e aceitava satisfeito o prato que lhe ofereciam, fosse galinha de cabidela ou só caldo de feijão com farinha. O bispo, progressista, estava contente. A vila sentia-se grata e amava o padre Franz, com exceção dos correligionários de Assis Tenório, em cuja cabeça a carapuça se enfiava fundo cada vez que o padre lançava maldições bíblicas contra os latifundiários que deixavam o povo sem terra morrendo à míngua. Margarida de Nhozinho no começo aperreou-se ao ver ameaçado seu reinado de tantos anos, mas a alegria, o entusiasmo e a bondade do padre, junto com uma inesperada promoção a ministra da Eucaristia, acabaram por conquistá-la.

Os anos foram passando, diminuindo os cabelos da cabeça do padre, mas não sua vitalidade. A única coisa que temia era que algum dia o fizessem abandonar Farinhada. Vivia dizendo: "Se um dia eu ficar doente, cego, doido, velho caduco ou seja lá o que for, pelo amor de Deus, prometam que não deixam ninguém me levar embora. Cuidem de mim como cuidam dum jumento velho." O povo prometia, pelo amor do próprio padre Franz.

O entusiasmo pela Igreja dos pobres não arrefecia o interesse do alemão por fenômenos extraordinários. Pouco depois de sua chegada, tinha encontrado todos os rezadores e curandeiros da vila e dos sítios da redondeza e tinha descoberto Cícero Só, cuja fama de catimbozeiro era motivo de certo medo e respeito por parte da gente da vila que mantinha cerrada discrição quanto ao assunto. Nunca se sabe... No início pensaram que os estava procurando para recriminá-los e exigir que abandonassem essas atividades malvistas pela Igreja. Para surpresa geral, a atitude do padre Franz era amigável, queria ver, compreender, aprender. Passava horas acompanhando as sessões de reza e cura. Guardava os raminhos de arruda que murchavam nas mãos das rezadeiras ao absorverem o mal que afligia o cliente e submetia-os a observações e comparações com outros ramos sadios. Andava com um caderninho anotando todos os casos estranhos que o povo gostava de contar. Havia até quem inventasse na hora algum caso estapafúrdio de visagem, milagre, mau-olhado ou praga realizada, só para agradar o padre. Encontrava nessas observações plena compensação pela perda do sofisticado laboratório de estudos parapsicológicos da universidade alemã. Escrevia longos artigos sobre o assunto para revistas especializadas de sua terra e dos Estados Unidos. Assim foi, por mais de vinte anos, um estudioso, um teórico da coisa, até que um dia apareceu a oportunidade de pôr em prática o saber acumulado na matéria.

De madrugada, Aprígio entrou na vila a galope, às quatro e meia em ponto; a galope percorreu a rua de cima, atravessou a praça, a ponte sobre o riacho e meteu-se pela rua de baixo até esbarrar, levantando poeira, à porta da casinha de padre Franz. O padre largou o breviário e saiu para ver o que era aquele alvoroço: "Padre, venha correndo que o Cão está solto no sítio Ventania!" Aprígio parou para retomar o fôlego e explicou: "Desde a noite passada que está chovendo pedra por toda parte lá no sítio. Pedra mesmo, padre, cada seixo do tamanho duma laranja e até maior. Cai por cima dos telhados, já estão todas as casas destelhadas. O pior é na casa de Manoel Vicente: tem mesa e tamborete andando sozinho, as panelas caindo de cima do fogão e a chuva de pedra para todo lado. Pensamos que era travessura de menino, mas não é não, estavam todos os meninos à vista e as pedras caindo. Ninguém nem foi pro roçado, passamos o dia procurando pelo mato para ver se era alguém de fora. Tem ninguém lá não. Só pode ser coisa do Cão. Mandaram chamar o senhor para benzer." A vizinhança já se ajuntara à porta da casa. Ninguém entendeu o ar de interesse e até alegria que iluminou a cara de padre Franz. "Que Cão coisa nenhuma, isso é um fenômeno de telecinesia. Vamos já para lá. Avisem o povo que hoje não tem missa." Saltou para o jipe e já ligava o motor quando dona

Amália veio correndo de dentro da casa trazendo a estola roxa, um crucifixo e uma garrafa de água benta. "Olha aqui, padre, o senhor ia esquecendo." "Não carece disso não, Amália." "Ora se não carece, padre, como é que vai enfrentar o Cão desarmado?" O padre agarrou os objetos e acelerou, disparando no rumo do sítio Ventania, Aprígio galopando à frente e o jipe sacolejando atrás, pelas curvas que subiam suavemente a serra do Pilão.

O padre encontrou o povo de Ventania todo metido dentro da capelinha do beato Antão Vicente, único lugar do sítio onde as pedradas não acertavam. De longe se ouviam as rezas e a cantoria. Estavam fazendo o possível para proteger-se e espantar o Demo. Cercaram ansiosos o padre pensando que começariam logo os exorcismos. "Calma, gente, calma, isso é telecinesia, é só telecinesia." Manoel Vicente, com a cabeça enfiada num capacete de ferro amassado que seu avô tinha encontrado no mato, no tempo de umas guerras que houve por aqui, era o mais aflito: "Telesia, Belzebu, Coisa Ruim, o que for, padre, tire logo isso daqui senão vai se acabar tudinho!" Mas o padre não se apressava e saiu a fazer perguntas, conversar com um e com outro. Manoel Vicente insistia, acompanhado por um coro de vozes novas e velhas: "É o Cão, padre, comece logo a benzer." Padre Franz não se abalou, primeiro tinha de conversar com cada um. "Não adianta, ele é do estrangeiro, não entende essas coisas..." Aos poucos foram retomando os cantos e as rezas por conta própria, enquanto o padre prosseguia com seu inquérito. As pedras continuavam avoando por cima dos telhados, espalhando cacos de telha para todo lado e espantando gente, cabritos, galinhas, porcos, guinés e marrecos. Lá para o meio-dia, padre Franz tinha, afinal, encontrado o candidato perfeito à paranormalidade.

Crisenaldo, afilhado de Manoel Vicente, era filho de um mau passo dado por uma prima distante que o entregou ao padrinho para criar. Tinha treze anos, idade adequada, segundo a ciência parapsicológica, para o aparecimento de fenômenos paranormais. Menino enfarruscado, sorrateiro mas muito inteligente, diziam. Sentia-se enjeitado: quando pequeno vivia perguntando por que a mãe não o queria. Desde o domingo passado andava com raiva de todo mundo e do padrinho mais ainda. Manoel Vicente não quis levá-lo a uma vaquejada que houve para lá de Itapagi, levou só o próprio filho. Para padre Franz era claro: o menino, cheio de raiva e inveja, estava se vingando do padrinho e de toda a gente à sua volta. Caso bastante corriqueiro, pelo que se lia nas obras especializadas.

O padre chamou o suspeito, que veio, de cabeça baixa, torcendo as mãos atrás das costas. Sentou-se com ele debaixo da mangueira mais copada para escapar das pedradas e pediu que todos se afastassem. Tentou ganhar a confiança do menino com perguntas jeitosas, alusões ao que ele devia estar sentindo e assim por diante. Como resposta só recebia muxoxos, olhares furtivos do canto dos olhos e o silêncio. O padre tentou de tudo, inclusive a hipnose, mas nada surtia efeito. O povo do sítio, plantado em um grande semicírculo a distância, esperava para ver no que ia dar aquilo. Padre Franz suava em bicas e preparava-se para começar tudo de novo quando a pedra veio: um calhau maior que o punho de Tonhão acertou bem no meio da careca do parapsicólogo, que caiu para trás desacordado. Crisenaldo aproveitou-se da confusão da gente que se precipitou sobre o ferido e desapareceu no mato.

Foi preciso quatro homens para levantar os mais de cem quilos do padre e deitá-lo na traseira do jipe.

Manoel Vicente tomou o volante e saiu feito doido para levar a Itapagi o acidentado, que não voltou a si nem com os solavancos da estrada. Parou em Farinhada para conseguir carro mais confortável para o doente. Juntou gente para ver o que era. Foi o berro que deu Francisquinha, ao ver o padre caído e ensanguentado, que afinal o despertou. Padre Franz voltou a si espaventado, gritando palavras desconhecidas que, mais tarde, o professor Paulo Afonso descobriu, nos dicionários do próprio padre, que equivaliam a xingar a mãe de alguém em alemão. Quando lhe contaram o acontecido, proibiu que o levassem para a cidade. Não ia a lugar nenhum, só à farmácia para que Honório lhe fizesse um curativo. Estava furioso e ninguém se atreveu a insistir. Foi amparado até a farmácia, deixou-se tratar resmungando em alemão. Quando as mulheres quiseram levá-lo para casa, pô-lo em repouso e preparar-lhe mastruz com leite, empurrou todo mundo e saiu danado para o bar Delícia, pediu uma garrafa de cana e bebeu calado até o anoitecer. Juntou gente na porta do bar para ver aquilo, mas ninguém tinha coragem de intervir, paralisados pela surpresa. Jamais se vira o padre beber senão o vinho da missa, que Severino Santos provou escondido e disse que não valia nada, era o mesmo que um suquinho de uva de garrafa. "Isso vai fazer mal..." "Faz mal nada, cachaça é o melhor remédio. Deixa ele beber." Quando o sacerdote arriou de vez em cima da mesa, deram jeito de levá-lo para casa e deitá-lo. Fizeram vigília a noite toda ao pé da cama do doente, que roncava de se ouvir da rua. Acordou-se à hora costumeira, expulsou do quarto as mulheres que se agitavam pressurosas à sua volta, meteu-se debaixo do chuveiro frio, vestiu-se e foi direto para a igreja. Não disse bom dia a ninguém, não parou ao pé do jambeiro para perguntar a João do Sereno como tinha passado a noite e nem entrou na pensão de dona Inácia para tomar café. Ajoelhou-se na igreja, com a cabeça entre as mãos, e assim ficou até a hora de começar a missa. Nunca houve tanta gente na missa das cinco. Todo o povo estava ali, com uma mistura de curiosidade e preocupação com o seu padre, esperando que acontecesse mais alguma coisa esquisita. Padre Franz celebrou a missa em quinze minutos, não pregou, não cantou nem desejou um bom dia de trabalho a todos. Despiu os paramentos, saiu da igreja, foi para o bar Delícia e pediu uma garrafa de cana. Bebeu calado o dia todo. Almoçou só um ovo cozido que Ademir lhe meteu à força pela goela abaixo. Ao anoitecer, levaram-no para casa. Assim continuou por vários dias.

A tristeza e o espanto tomaram conta de Farinhada. Ninguém sabia o que fazer. A explicação do caso ocupava quase todas as conversas. A maioria achava que a causa daquilo era mesmo a tremenda pedrada na cabeça. O professor Paulo Afonso, que tinha tido aulas de psicologia no curso pedagógico, achava que era trauma pela decepção de, apesar de tanto estudo e saber, não ter resolvido o caso da chuva de pedra. Dona Amália liderava os que achavam que se tratava de vingança do Cão pelo desrespeito com que padre Franz o tratara, não lhe querendo dar o crédito das pedradas. Chamaram dona Otília para rezá-lo e foi o mesmo que nada: o raminho de arruda nem murchou. Dizem que Cícero Só andou fazendo lá um catimbó que também não resultou em nada. Como se tivesse sido combinado, ninguém disse nem uma palavra fora de Farinhada e tentaram disfarçar o que estava acontecendo frente aos visitantes de outras bandas que apareceram por aqui. Tratava-se de um problema íntimo do padre Franz e do povo da vila. Depois de cinco dias, por sugestão do professor Paulo Afonso, uma comissão foi falar com Ademir, que se comprometeu a esconder a caninha e negá-la ao padre no dia seguinte. Não adiantou. Padre Franz meteu-se no jipe, foi bater em algum engenho distante e voltou com cinco garrafões de cachaça de cabeça.

Desistindo aos poucos de fazer retornar o padre à sobriedade permanente, a gente de Farinhada foi se conformando e passou a tratá-lo com maior carinho, como mãe que privilegia o filho mais fraco ou mais malandro. Encarregavam-se, por turnos, de levá-lo de volta para casa a cada entardecer. Limpavam-lhe a casa, lavavam-lhe a roupa, zelando para que não andasse sujo e nem caísse pelas calçadas. Com incansável paciência, as mães da vila faziam-no comer empregando os estratagemas que se usam com as crianças de colo.

Farinhada já se acostumava com os novos modos do padre. De qualquer jeito, era seu padre, o único que jamais tinha tido e que a libertara do medo do deus castigador, revelando-lhe o Deus maternal, que se preocupa até mesmo com a situação da safra de feijão dos pobres ou com a diarreia dos meninos. As atividades religiosas e sociais retomaram seu ritmo, com os leigos cuidando de tudo. Até o dia em que as moças voltaram da reunião das catequistas em Itapagi com a notícia de que, por obra da gente de Assis Tenório, o bispo já sabia de tudo e vinha no sábado para levar embora o padre Franz. Não podia mais ficar ali, escandalizando o povo.

Na sexta-feira, a estratégia já estava armada. No sábado, Farinhada despertou com as pisadas do povaréu que chegava de todos os sítios ao redor. Vinham de caminhão, montados ou a pé. Vieram os mais velhos e as crianças, tão pequenas algumas, dentro dos caçuás no lombo dos jumentos. Aprígio chegou a galope, logo de manházinha, acompanhado de mais três cavaleiros, oferecendo-se para interceptar o cortejo do bispo lá para diante, bem antes que chegasse a Farinhada, mas padre Franz o proibiu, "só reze, Aprígio, reze que faz bem a você também!". Aprígio obedeceu mas foi engrossar o comitê popular que já tinha tomado em mãos outras rédeas, as dos acontecimentos.

Severino Santos subiu para o cemitério, para pastorear os caminhos e dar sinal quando o carro do bispo apontasse. O bispo chegou acompanhado do vigário geral e do doutor Silva Alecrim. Seu carro mal pôde entrar na praça. Deu com o povo ocupando todo o espaço, em fileiras cerradas, cercando e escondendo o bar Delícia. Nada das mãos acenando e dos sorrisos desdentados, mas alegres, das raras visitas anteriores do prelado. O professor Paulo Afonso, escolhido como porta-voz pelo seu prestígio de intelectual da vila, adiantou-se e desfiou a curta fala tantas vezes ensaiada: "Excelentíssimo Senhor Bispo, em nome do povo da vila da Farinhada, declaro-lhe que daqui o padre Franz não sai. A voz do povo é a voz de Deus." Tudo o que o bispo tentou dizer a partir daí foi abafado pelo alarido da multidão. Não houve jeito nem argumento nem autoridade que adiantasse. Ao fim de duas horas o bispo se deu por vencido, meteu o rabo entre as pernas, com o perdão da má palavra, e foi-se embora.

Desde aquela data, se não largou da cachaça, padre Franz abandonou o ar taciturno que ostentava desde o dia fatal da pedrada e do primeiro pileque. Voltou a rir, a falar com toda a gente e a cantar. As bebedeiras deixaram de ser caladas e tristes, agora são falantes e alegres. Canta até melhor depois de tomar umas e outras.

Medo

Sobressaltou-se com o coaxar dos sapos como se fosse um sino dando as horas, horas de trevas, de medo, de morte. Era assim todos os dias. Quando eles começavam com suas marteladas estridentes não havia mais jeito de deter a luz; ao sinal dos sapos ela partia irrevogavelmente e ele tinha de ficar no escuro para sempre até a manhã seguinte. Velas, candeeiros tornavam ainda mais escura a escuridão porque a faziam mover-se como uma coisa viva, recuar e avançar para ele, provocá-lo, zombar do pavor que o assombrava. Preferia ficar no apagado, quieto, encolhido, para que a escuridão não o visse e o deixasse em paz até o sol voltar.

Só quando a claridade se metia pelas frestas do telhado, exausto, adormecia. Acordava com o sol a pino, encharcado de suor, sedento e esfomeado. Acendia um fogo do lado de fora da casa, ia encher a cabaça no olho--d'água que nascia ali perto, torrava a carne de charque, comia com dois punhados de farinha, arrematava com um caneco d'água e sentava-se encostado no tronco da jaqueira para esperar. O pensamento avoava, desgarrado, o olhar perdido vagando da casa ao horizonte para lá da serra do Pilão. A lua cheia já tinha aparecido e minguado por três vezes desde que chegara. Estava ali havia mais de dois meses. Assis Tenório tinha garantido que não precisava ficar mais de quinze dias acoitado, que falava com o deputado, com o secretário da Segurança que era seu amigo, que tudo se arranjava logo. Do mantimento que lhe deixaram, só restava um pouco de farinha e charque, para mais uma semana de quase jejum. Nem café nem açúcar tinha mais. O pior não era a demora, que quando despachara um promotor público de uma comarca importante tinha tido de ficar mais de seis meses escondido no Piauí. O pior era o medo atocaiando-o na noite. No princípio, quando a sensação terrível o assaltara na escuridão, não sabia que era medo. Nunca soubera, nunca sentira medo.

Foi a sua incapacidade total de sentir medo, desde menino pequeno, que o levou à profissão. Aos quinze anos fez o primeiro serviço, a mando do dr. Leitão. Tiro limpo e certo, um só, no meio da testa de um morador avexado que andava falando de botar o doutor na justiça. Dali em diante perdeu a conta. Nunca tinha nem olhado bem para a cara dos que matou, não poderia lembrar. Jamais errara um tiro, jamais falhara, frio e preciso com sua ferramenta como um carpinteiro com seu serrote, um carvoeiro com seu machado, um vaqueiro com o ferro de marcar. Passara noites e noites de tocaia em lugares assombrados, ouvira dezenas de tiros zumbindo rentes a seus ouvidos, tivera capangas e polícia correndo o estado todo atrás dele e nunca sentira medo nem culpa. Quem mata mandado, só pela profissão, sem raiva nem ódio do morto, não peca, mata por ofício e por destino. Se alguém tem culpa é quem manda matar. Dr. Leitão lhe garantia as costas lá com os conhecimentos políticos dele. Nos primeiros dias, quando se descobria o morto, era aquele fuzuê, abria-se inquérito, mas tudo se esquecia em pouco tempo e ele voltava para a fazenda, onde tinha o privilégio de viver sem outro trabalho senão aquele mesmo.

Nos tempos de calmaria, sem serviço, pescava no açude, botava arapucas no mato e se entretinha com suas gaiolas de passarinho. Fazia gaiolas conhecidas em toda a região pela lindeza e delicadeza do trançado. Era homem de bem e sossego. Estava protegido de qualquer desgraça, o que era preciso porque a desgraça anda solta nesse mundo pegando os desprevenidos. Ele era prevenido: ia a cada dois anos a Juazeiro do Norte, deixava no túmulo do Padrinho as ofertas de costume, a vela maior que houvesse, não tirava do pescoço o terço de romeiro e carregava sempre no bornal, junto com as balas, o bentinho que lhe ficara da mãe, enrolado num pano. Três vezes se confessara com frei Damião. Dissera tudo: que se deitara com mulher-dama e com mulher casada, que embuchara uma moça e depois a abandonara na zona, que chamara nomes, que jurara o Santo Nome em vão, que pensara em fazer acordo com o Cão. As mortes não disse, que não entravam no rol dos pecados. Recebera a bênção e tomara a Santa Comunhão das mãos do frade santo.

E agora? Descobrira que era medo aquela mão gelada e dura esmagando-lhe o peito, o tremor no corpo inteiro, o suor frio, as tripas se retorcendo, cada noite. Medo do Cão, porque se desviara de seu caminho: sem mandado de ninguém, matara com raiva um inocente. Quando Rominho disse, rindo, que enquanto ele andava pelo mundo, se fazendo de macho, José Marciano andava botando-lhe chifres com sua mulher, subiu-lhe um fogo à cabeça, montou a égua de raça do doutor, foi disparado bater no roçado de Marciano e descarregou-lhe no peito seis balas de trinta e oito, sem lhe dar o tempo de uma ave-maria. Voltou à fazenda ainda doido de ódio, para procurar a mulher e acabar com ela. Rominho esperava-o na porteira, sempre rindo: "Tu ficaste louco, homem? Ôxe, sair correndo assim só por causa de uma brincadeira! Tu não vê que eu só tô mangando de tu, que tua mulher nunca teve nada com ninguém não, homem?" Era tarde, já estava feito o desmantelo. Galopou até a porta da cozinha da casa-grande e pediu para falar com o doutor. Tinha que se safar dali antes que descobrissem o morto, que Rominho era frouxo e ia dar com a língua nos dentes assim que o delegado arrochasse a gente da fazenda. Está certo que dessa vez não tinha sido mandado, mas o patrão que sempre se servira de seu gatilho havia de saber o que fazer para livrá-lo. Fizera sempre o serviço bem-feito e barato para ele e seus amigos, deviam-lhe proteção numa hora dessas.

Dr. Leitão despachou-o para a fazenda de Assis Tenório, velho aliado seu, com um recado: *Prezado amigo, quem leva este bilhete é gente minha. Precisa ficar escondido por uns tempos. Arranje jeito de acoitá-lo por aí, pelo favor que me deve. Do seu amigo e correligionário, A. L.* Assis Tenório mandou dois capangas levarem-no de noite para a casa abandonada no meio da mata que o Ibama proibira de cortar, longe da vila, no extremo da serra do Pilão. Lugar esquisito onde não passava ninguém, nem caçador, porque a capangada de Tenório era braba, gostava de caçar, e desobedecer ao Ibama era privilégio deles. Deixaram um saco com mantimentos, candeeiro, querosene, uns trastes de cozinha, uma rede. Disseram que voltavam daí a uns dias, que não saísse dali para nada. Acomodou-se, sossegado, acostumado ao vazio dos tempos de se esconder. Só então começou a pensar no acontecido. Quando a noite chegou, veio com ela aquela coisa danada. Ficou sozinho com aquilo três semanas.

Os capangas voltaram para trazer comida e avisar que o doutor mandara dizer que a coisa estava quente, ele tinha de ficar mais uns dias. Trouxeram uma rapariga, mulher ainda nova e de certo atrativo: "Seu Assis mandou ela para tu te aliviar. Uma das melhores do cabaré de madame Arara, lá de Itapagi, coisa fina" — mentiram —, "se sirva logo que nós tem que ir embora". Entrou com a mulher na casa, ela encostou-se na parede, indiferente, e esperou que ele a usasse. Não pôde. Não teve vontade. As noites de pavor tinham-lhe tirado a macheza. "Não diga nada que eu lhe mato." Ela fez que sim com a cabeça. Deixou passar um tempo, empurrou a mulher para fora da casa: "Já acabei. Pode levar." Não pediu companhia, não implorou para ir-se embora porque não podia dar parte de frouxo, só pediu padre para se confessar, que era de preceito, mas disseram que não tinha não, só o tal do padre Franz, que era inimigo de Assis Tenório e, além disso, estava de viagem na terra lá dele. Ficou, esperando a escuridão.

Esqueceram-se dele. Todos, menos o Cão. Cada noite, sem falhar nenhuma, o Maldito vinha atentá-lo e ele mergulhava no medo, impotente contra o mal impalpável. Agora chegava a ver o Coisa Ruim, dançando na treva, cada dia mais perto dele. Sabia que mais dia menos dia seria o fim. Não adiantava fugir dali, o Cão iria atrás dele até o fim do mundo. Dizem que quando agarra um, o Maldito arranca os olhos e as partes, mete uma estaca pelo cu até sair pela boca, judia do desgraçado até matar e depois joga no fogo do inferno para se danar na eternidade. "Antes que ele me pegue..."

Quando os homens de Assis Tenório chegaram para avisar que podia voltar, que estava tudo limpo, os urubus já tinham feito seu trabalho.

A guerra de Maria Raimunda

Maria Raimunda nunca precisou ler as letras nos papéis. Desde que abriu os olhos pretos neste mundo de meu Deus, leu tudo o que há no livro das coisas e das gentes, por dentro e por fora, até onde a vista alcança. Aprendeu cedo que quem tem o coração brando leva mais pisas da vida e por isso é brava que só! Sempre foi. Todo mundo tem um pouco de medo de Maria Raimunda e ela não tem medo de ninguém, só teme a Deus e o perigo de amolecer quando vê menino sem mãe, homem chorando, criança carregando enterro de anjinho, velho sem teto, mulher gestante com variz e fome, essas coisas. Prefere mesmo é ter raiva que dá coragem e força para resolver tudo o que aparece pela frente.

É assim que Maria Raimunda gosta de ser, dura feito pau de sucupira: quando lhe pedem favor, fecha a cara e diz que não é madrinha de ninguém, que só vai fazer o favor para o outro desaparecer de sua frente; quando dá alguma coisa não é como quem dá: sacode de mau jeito o prato ou o agrado que seja para cima do outro, como coisa que não presta. Não tem dó nem de filho e marido: se Antônio Pedro chega em casa meio tocado de cachaça, ela nega a janta, passa o ferrolho na porta e larga o pobre a noite inteira no terreiro "que sereno e jejum é que é bom para bebedeira". Dizem que os filhos têm as orelhas grandes é de tanto puxão que levam. Contam que quando Antônio Pedro pediu para se casar com ela, a resposta veio chispando: "É o jeito... Que mulher nasceu mesmo para sofrer." Assim mesmo toda a gente vive atrás dela, pedindo conselho, perguntando as coisas. Ela responde sempre, de má vontade mas responde, sabe de tudo. Não se importa nem um pouco que lhe digam mulher-macho, que isso lhe dá mais autoridade.

Tem muita autoridade, Maria Raimunda, e não é só por causa da cinquenta e meia de terra que recebeu de herança, com escritura e tudo, de onde ninguém a tira e onde quem manda é ela. Isso é coisa de dentro dela mesma, que teve sempre e que cresceu muito mais depois que comandou a guerra em Farinhada.

Ninguém havia de pensar que uma coisa assim, tão costumeira, podia findar naquela guerra toda. Porque o começo de tudo foi somente que Assis Tenório pegou aí um dinheiro do governo, telefonou de Brasília e mandou Adroaldo comprar mais uns garrotes, careceu de mais pasto e mandou dizer que Zuza Minervino e mais alguns outros desocupassem a terra do Sítio Velho em oito dias. Zuza tinha acabado de sachar o feijão, estava uma beleza o roçado como havia muitos anos não se via, a esperança da safra era tão grande que ele não podia deixar aquilo assim. Tinha andado escutando umas coisas, histórias... Padre Franz tinha contado de umas brigas por causa de terra, de uma gente que não saía do roçado nem a pau e acabava ganhando de fazendeiro e de usineiro por causa de uma lei que havia nos papéis do governo e o povo pobre nem sabia. Ir para onde, com aquela ruma de filho pequeno, fazer o quê, que ele só sabia de plantar, limpar e colher? Ir para a rua, para a favela, morrer de fome com a família toda? Numa hora dessas a pessoa cria uma valentia danada, porque se é de morrer de qualquer jeito... Zuza disse aos outros que não fizessem nada e foi falar com o padre. Na noite seguinte veio o advogado mandado pelo bispo; falando bem baixinho, na casa de padre Franz, explicou a Zuza, a Manoel Justino e a Isaías que tinha lei, sim, que eles tinham direito, mas que a lei só vogava com a coragem de enfrentar, resistir, ficar na terra sem correr das ameaças. Falou de reforma agrária e de lei de desapropriação, de Incra e de posse de terra, tanta coisa, tão bem explicado que Zuza acreditou. Padre Franz reforçou tudo lendo na Bíblia que Deus tinha dado a terra a todos e muitas coisas mais, de assombrar e de fazer crescer a coragem.

Foi então que a coisa ficou séria para valer, porque Zuza, Manoel e Isaías foram de casa em casa, explicando tudo e convencendo os outros, menos Givanildo, que saiu cedinho no dia seguinte e foi para a casa-grande da fazenda contar tudo a Adroaldo.

Daí para a frente foi luta: os capangas armados de espingarda doze cercando os sítios dos moradores, o advogado botando a questão na justiça, Adroaldo soltando o gado para comer os roçados, padre Franz chamando o povo para ajudar a tanger o gado para fora, os jagunços entrando nas casas do sítio e quebrando tudo o que havia dentro, o bispo dizendo no rádio que tudo aquilo era pecado contra Deus que estava do lado dos pobres, Assis Tenório voltando às pressas de Brasília, dizendo que o padre e o bispo eram comunistas, agitadores do povo, e os moradores do sítio resistindo, trabalhando só de mutirão, homem, mulher, menino e velho, sem deixar ninguém sozinho para apanhar do inimigo. Disseram que Zuza era o cabeça de tudo, veio um tenente de Itapagi com um papel na mão dizendo que era ordem do juiz e mandou os soldados prenderem Zuza no xadrez de Farinhada, de lição, para todo o mundo ouvir os gritos dele, apanhando. E foi daí que Maria Raimunda, que tinha ficado só espiando a confusão, que não tinha nada a ver com isso, segura lá no sítio dela que ninguém podia tomar, entrou na história.

Maria de Zuza não aguentou mais, vendo o marido, pai de seus filhos, homem de bem que nunca tinha pisado em delegacia nem por bebedeira, assim preso e maltratado feito malfeitor. Foi falar com padre Franz e ele lhe disse que Deus olhava pelos pobres, aguentasse, tivesse paciência, tivesse coragem. Ela não tinha mais, não podia. Foi buscar força na casa da tia que para tudo tinha saída. Maria Raimunda viu Maria de Zuza chorando, olhou a penca de crianças agarradas nela, chorando todas, o bucho grande já em ponto de parir mais um, afastou a pena que vinha vindo e deixou crescer a raiva. Banhou-se, vestiu-se, agarrou num terço, saiu de casa e foi passando pelos sítios vizinhos, chamando as mulheres que estava na hora de rezar, e foram todas atrás dela, no sol da uma da tarde, hora mais estranha para rezar!, porque é difícil resistir à autoridade de Maria Raimunda.

Quando chegou à esquina da praça, onde fica o xadrez, já tinha para mais de trinta mulheres atrás dela, querendo saber o que é que Maria Raimunda inventara de fazer. Pois ela plantou-se bem em frente à cadeia e puxou um bendito, com a voz mais forte que tinha, lá do fundo da garganta, nada daquele canto maneirinho que padre Franz queria ensinar. A cantoria cresceu na mesma hora, mais trinta vozes, mais cinquenta, mais duzentas, ecoou nos terreiros, na fila do chafariz e do posto de saúde, nos tanques de lavar roupa e nas cozinhas, subiu para a casa-grande da fazenda e acabou com a sesta de Assis Tenório, meteu-se pela estrada de Itapagi, rebateu na torre da matriz e enfiou-se no gabinete do prefeito, seguiu para Guarabira, atravessou a casa do bispo, que nem estava lá, já estava na estação de rádio dizendo que não era certo ninguém oprimir os pobres, que Deus estava ouvindo aquela cantoria, enquanto a cantoria mesma seguiu para Mari e Sapé, dobrou no Café do Vento e estrondou em João Pessoa, bem na praça principal, acordou os deputados que cochilavam no plenário, cobriu as sentenças dos juízes no fórum, feriu o ouvido do governador, espalhou-se por toda parte crescendo sempre com as vozes de todas as mulheres que já sentiram uma injustiça nessa vida, não se calou quando a noite chegou nem quando o dia clareou e por aí continuou por mais de uma semana.

Mandaram calar Maria Raimunda, mas na praça de Farinhada não se podia ouvir ordem nenhuma, só a cantoria das mulheres. Preá corria para lá e para cá com um pote e uma quenga de coco distribuindo água para as cantoras, ou de casa em casa, recolhendo algum de comer para alimentar a cozinha improvisada na praça. Três vezes por dia, padre Franz descia os degraus da igreja, de alva e estola vermelha, com um caneco de prata cheinho numa das mãos, um raminho de arruda na outra, e atravessava a multidão de mulheres salpicando água benta nelas todas. Era proteção que chegasse para o mulherio não esmorecer.

Desceram os homens de Assis Tenório, mas ninguém fez caso deles e mesmo aqueles brutos não puderam bater na própria mãe que lá cantava. Mandaram o batalhão da Polícia Militar de Itapagi, que veio vestido e armado para a guerra, cercou a praça, deu tiros para o alto, mas só conseguiu que a cantoria ribombasse ainda mais alto, encobrindo o tiroteio até que se acabasse a munição e os soldados, desmoralizados, mortos de fome e sede, aceitassem a água e o feijão que as mulheres lhes deram sem parar de cantar.

Foi assim a guerra que Maria Raimunda ganhou quando as autoridades não aguentaram mais o tormento da insônia, mandaram soltar Zuza, apressaram o juiz, o Incra e sabe-se lá mais quanta coisa e veio uma comissão de Brasília obrigar Assis Tenório a entregar a terra, de papel passado, para quem nela vivia e plantava. Então voltou o sossego a Farinhada, voltaram as mulheres para casa, o governador tirou uma semana de férias para dormir à vontade e Assis Tenório voltou danado para Brasília.

Quando Zuza chegou, puxando a cabra de raça por uma corda, para presentear e agradecer a Maria Raimunda, ouviu: "Deixe de besteira, seu Zuza, não careço para nada dessa cabra magra, fiz nada por você não, só me deu foi uma vontade danada de cantar."

A obrigação

"Padre, peço perdão e penitência porque pequei. Pequei o de sempre, padre, aquelas coisas que nessa vida de todo dia a gente faz sem ver que peca. Chamei nome, dei uma pisa num menino inocente, quis que minha sogra morresse, coitada, encolhida na rede com aquela dor nas tripas, fiquei na missa pensando em outra coisa, em Da Luz sozinha lá no Rio de Janeiro, que vai lhe acontecer alguma coisa ruim, chamei o Santo Nome em vão e tive raiva. Tive muita raiva de meu marido, padre, na noite em que ele não veio para o quarto, saiu batendo a porta e só voltou de manhãzinha, tomado. Pensei que tinha ido atrás de rapariga e fiquei com raiva que nem botei café para ele e não levei o almoço no roçado. Depois tive pena, padre, que o homem está é desesperado. Não foi atrás de rapariga, não, que ele nem pode e nunca foi disso, que é um homem que só quer andar nos caminhos de Deus. Não voltou mais pra minha cama, ele que nunca deixou de cumprir com a obrigação, por promessa que fez à Senhora da Conceição, nunca falhou um dia em mais de vinte anos. Não vê, padre, que eu passei minha vida toda buchuda e com menino novo no peito? Já botei nove cristãos no mundo e mais uma coroa de anjinhos que tenho no céu. Agora lhe deu essa fraqueza que não pode mais. E meu sangue ainda corre todo o mês, padre, ainda posso ter muito menino. Ele fica lá fora, no terreiro, pendura uma rede no puxado do fogão e passa a noite se agoniando no sereno, aquele remorso... Só estou lhe dizendo, padre, porque preciso de conselho e porque sei que fica em segredo, que é o mesmo que dizer para Deus que já sabe de tudo. Ele nem quer vir pra missa, com vergonha, não quer se confessar porque diz que não adianta pedir perdão se depois não pode dar jeito no erro. Por isso eu vim, para lhe pedir conselho. O que eu faço, padre? Uma promessa para outro santo ou mesmo pra Senhora da Conceição... Mas será que uma promessa para ajeitar a promessa de outro pode? Que remédio de homem já lhe dei todos, de todo chá lhe dei, muito tipo de garrafada, catuaba, ovo de codorna e mais tudo o que o povo diz. Nada lhe tira a fraqueza, padre, e ele se acabando de aperreio por causa de não cumprir a obrigação."

Não adianta, o padre Franz não entende essas coisas. "Como é que pode dizer que não é obrigação, se foi Nosso Senhor que mandou e ele ainda mais fez promessa? O padre diz que hoje é diferente. Como é que se pode mudar as coisas de Deus assim? Ai, bem que eu ficava aliviada... Mas como é que ainda vou juntar pecado meu com o pecado dele se eu deixar tudo de banda e contente de não fazer mais o sacrifício como sempre fiz? Minha Nossa Senhora da Conceição, tenha pena, e me dê um ensinamento de como trazer a força desse homem de volta. Prometo que nunca mais vou ficar ali pensando que bom que era que não tivesse de aguentar aquilo, prometo que não vou me queixar do bucho grande, das varizes, da canseira e de aperreio de menino."

Dona Ceiça pensou muito naquilo tudo. Via o marido definhando na tristeza, cada dia pior, mofino, já nem parecia mais aquela lapa de homem que era antes. Rezou muito a Nossa Senhora e a todos os santos. Quando a ideia lhe veio, em meio às ave-marias do rosário, pensou que fosse tentação do demônio e afastou-a assustada. Mas a ideia voltava, uma e outra vez, sempre que se punha a rezar à Virgem. Acabou por convencer-se: era a ajuda que tinha pedido tanto. Só podia ser, que do juízo dela mesma nunca ia sair uma coisa daquelas. Tinha que arranjar o dinheiro e ir empreitar o serviço num lugar longe, onde ninguém a conhecesse.

Foi pedir trabalho a Neco Moreno, logo ali, até a Manoel Vicente, bem mais longe, no sítio Ventania, e ganhou doze diárias apanhando urucum. No primeiro dia, quando voltou para casa, toda encarnada da tinta do açafrão, o marido disse que não carecia daquilo, que nunca tinha deixado faltar a feira em casa. "É coisa minha, e eu vou fazer o que tenho que fazer." Ele se abateu e calou-se, já nem tinha mais autoridade de macho... Na quarta-feira ela foi para Itapagi e vendeu no mercado seis galinhas e o porquinho que estava engordando para a roupa de São João dos meninos. Deus haveria de prover. Entrou na capela do colégio das freiras, ajoelhou-se no altar da Senhora da Conceição, deu contas de tudo o que já havia encaminhado e saiu encorajada. Guardou o dinheiro todo na mala velha onde estavam as certidões de casamento, nascimento e batismo e esperou a quarta-feira seguinte.

Banhou-se, lavou os cabelos, prendeu-os na nuca com três grampos, enfiou o vestido esverdeado que já fora preto, do luto da mãe. Olhou-se no caco de espelho no canto do quarto, a pele escura e manchada esticada nos ossos, o peito liso, as mãos grossas e gretadas pelo sabão amarelo, e teve certeza de que ia fazer o que tinha de ser feito. Viu seu próprio olhar tornar-se mais firme, confiante. Amarrou o dinheiro num lenço. Disse que Aldineusa cuidasse no almoço, que ninguém esperasse por ela cedo, ia longe visitar a tia velha no sítio para lá de Itapagi, que veio recado que estava doente.

Subiu na traseira do caminhão que ia para a feira e de lá pegou o ônibus desmantelado que passava em Cataventos. Apeou do ônibus no meio da manhã, nem se importou com o calor e a poeira, partiu com passo firme para a praça. Entrou no bar sozinha pela primeira vez em sua vida. "Onde fica a zona?" "Que é isso, minha tia, já está muito velha para começar..." Não se desconcertou: "Me diga só onde fica a zona." "Lá para cima daquela ladeira, no Rabo da Gata, não tem errada."

O dono do bar veio até a calçada e ficou olhando aquela mulherzinha seca, com ar de beata, caminhando ligeira no rumo da rua da farra.

Ceiça subiu a ladeira sem sentir o calor, sob os olhares curiosos dos desocupados. Parou na porta da oficina mecânica, no alto, e perguntou ao homem: "Como é o nome da rapariga mais bonita que tem aí?" "É Marivalda... Tá procurando sua filha, dona?" Não respondeu, seguiu adiante até no meio das duas fileiras de casebres miseráveis. Parou na frente das mulheres quase nuas que iam se ajuntando, admiradas. Não sabe por quê, sentiu pena. Nunca tinha visto uma mulher-dama da zona, tinha pensado que eram alegres, gordas, ricas com o dinheiro que tomavam dos homens. "Quem é Marivalda aqui?" Adiantou-se uma mulher ainda jovem, com os cabelos pretos dando na cintura, os peitos grandes quase saltando fora do sutiã vermelho. Abaixou a vista, sentindo-se ainda menor e mais seca, as varizes doendo do esforço da subida, apertando na mão suada o lenço com o dinheiro amarrado. "Quero falar com a senhora. Tenho dinheiro." "Entre." O quarto coberto de telhas tortas nem tinha porta, só a cortina cor-de-rosa, encardida, esfarrapada. Viu o catre em desordem e a estampa desbotada do Coração de Maria na parede de barro sem caiação. Sentou-se no único tamborete, respirou fundo e começou a falar. Explicou tudo, a fraqueza e o desespero do marido, que ajuda necessitava, que já não tinha mais o que fazer, que ali estava por ideia de Nossa Senhora, que pagava tudo direitinho. "Se é caso desses, de ordem do céu, nem carece de pagar não, dona, eu faço de graça mesmo." Insistiu, estava ali o dinheiro que tinha ajuntado para isso mesmo, não ia fazer falta. "Não recebo não, dona, que também sou filha de Nossa Senhora. Pode trazer o homem."

Na quarta-feira seguinte cutucou a rede do marido: "Levante e se ajeite que vamos resolver o problema, por ordem de Nossa Senhora." Nem teve de insistir. Escorado na firmeza dela, o homem obedeceu e seguiu-a, sem perguntar nada. Não trocaram nenhuma palavra até Cataventos, solenes, ela andando à frente, ele um passo atrás, como jamais havia acontecido. Era ela, agora, o chefe da família, que ele nem era mais homem mesmo. Foi direto à casa de Marivalda e disse: "É este o homem. Espero lá embaixo, na parada do ônibus."

Esperou, de pé, sob o sol de fogo, nem sabe quanto tempo. Quando o avistou de novo, ele vinha com a cabeça erguida, o passo ligeiro e um leve sorriso. Foram-se, ele um passo à frente, como sempre havia sido. Em Itapagi ela comprou a vela maior que havia, acendeu no altar de Nossa Senhora e deixou o resto do dinheiro na caixa das ofertas para a salvação das almas de todas as putas.

Olhares

Foi para aquele comício como ia a qualquer comício, missa, terço, procissão, forró, circo, jogo de futebol, enterro, desfile escolar ou apresentação da banda de música, porque todo mundo ia e porque qualquer coisa diferente que aparecesse em Farinhada servia para passar as horas em que não tinha de estar atrás do balcão da Panificadora Flor do Minho aguentando o mau humor da dona Piedade, que lá em casa, com aquele monte de gente, não tinha nem canto para ficar à toa. Encostou-se num poste, meio de fora do ajuntamento, como era seu costume. Como sempre, não prestou atenção aos discursos, deixou o pensamento e a vista zanzando soltos pela praça cheia de gente, sem olhar de fato para ninguém porque aquelas caras já chegava ter de avistar todo dia, pedindo pão ou passando sem vê-la escorada no batente da porta de casa. Já estava ali havia mais de meia hora quando teve a impressão de ver uma cara diferente, piscando para ela. Segurou a vista que já ia adiante no seu passeio tonto e olhou de novo, com atenção. Um rapaz desconhecido estava mesmo piscando um olho para ela com um leve sorrisinho de canto: uma piscada, duas... O coração deu um pulo no peito, virou-se depressa para outro lado.

Não, aquilo não podia ser com ela, que rapaz nenhum nem nunca tinha visto que ela existia, até lhe davam encontrão na rua sem pedir desculpa. Havia de ser para outra moça qualquer. Olhou à volta e não tinha moça nenhuma por ali e nem tinha ninguém olhando para o lado do rapaz de fora. Estava todo mundo de olho pregado no palanque onde um político da oposição estava gritando o diabo contra Assis Tenório, bem aí no meio da praça de Farinhada, o que era de fato coisa de deixar a gente de olho parado esperando pela confusão que ia dar. Mais uma vez, foi se virando bem devagarzinho e deu de novo com a piscadinha. Não havia dúvida, era para ela. Deu-lhe uma moleza nas pernas, o coração, que até ali só conhecia agitação de raiva, disparou numa batida diferente e sentiu aquela quentura subindo dos pés às orelhas. Ficou ali sentindo aquilo tudo, assustada, o pensamento todo enleado, até que o povo começou a se mexer para deixar a praça no fim do comício. O moço estranho tinha desaparecido.

Correu para casa e meteu-se calada na rede, no seu canto escuro, de medo que alguém reparasse nela justo agora, assim, encarnada da emoção como estava. "...pra mim! Piscou para mim, gostou de mim!" O coração acelerando de novo. Virou-se para o outro lado. "Deixe de ser besta, que um rapaz daquele ia gostar de você nada... Veio com os políticos para o comício, só se divertiu, mangando... Foi-se embora e nunca mais se lembra de você." Ficou se virando de um lado para o outro, de uma certeza para a outra, até adormecer.

No dia seguinte acordou quase a mesma de sempre, que ela nem queria nada mesmo com rapaz nenhum, que nenhum presta, é tudo igual. Era domingo, banhou--se, vestiu-se e foi para a missa. Se alguém reparasse nela, veria só aquela magrela da Mocinha encostada na coluna do alto-falante, com cara de sonsa e o olhar vago passeando pela igreja. Padre Franz já ia longe no sermão quando Mocinha viu de novo o rapaz da véspera e a piscada. No sobressalto, escondeu-se atrás da coluna e ali ficou, aquele desmantelo por dentro outra vez. Saiu da igreja empurrada pelo povo. Perambulou meio perdida pela praça até que o viu entrando na casa que tinha ficado fechada tanto tempo. Deu jeito de perguntar a um e a outro, mandou Preá investigar e acabou sabendo que para ali acabava de se mudar uma viúva que tinha vendido o sítio para morar na vila. Tinha um filho empregado em João Pessoa que vinha todo sábado visitar a mãe. Chamava-se, imagine, Roberto Carlos. Ai, Roberto Carlos, que nome lindo! Não comeu quase nada no almoço, saiu de novo naquele calorão do meio-dia e sentou-se no banco debaixo do jambeiro da praça, vigiando a casa do outro lado, morta de nervosa. Só lá para as três horas foi que ele apareceu, com cara de quem acabava de acordar, e tomou logo o lotação para Itapagi.

Não podia pensar em mais nada. Em casa estavam até reparando na existência dela, de tanto que dava trancos na mesa, deixava cair as coisas, atravessava-se no caminho dos outros, sem saber por onde ia nem o que fazia. Só pensava no sábado seguinte e na volta de Roberto Carlos. A cabeça cheia de cenas românticas, até do casamento, tudo aquilo passando e repassando como um filme lindo. Queria só ver a cara daquela maldosa e escandalosa da Luzinete, que vivia dizendo que o nome dela era Mocinha porque estava condenada a ser só moça a vida toda. Moça-velha quem ia ficar era ela mesma, que dava bola para qualquer um. Nos filmes de sua cabeça, aparecia linda, uma princesa. Desde logo começou a preocupar-se: com que roupa, com que cara, com que cabelo? Aquelas roupinhas tão sem graça, nem batom não tinha que sempre achou que moça séria não precisa disso e também nem adiantava. Será? Agora era diferente. Foi vezes sem conta espiar-se no espelho grande de Luzinete e via-se matuta e indigna das atenções de tão galante admirador. Não fosse ele olhar melhor para ela e desistir... Pedir emprestado à prima, nem morta.

Dona Piedade espantou-se quando aquela preguiçosa ofereceu-se para ir a Itapagi buscar a encomenda de fermento. Foi-se, levando toda a fortuna que havia ajuntado com os trocados que ficavam depois de dar quase todo o salário à avó. Deu para pouca coisa: um par de sandálias de plástico azul, um batom e a entrada num vestido que disseram na loja que estava na moda, para pagar o resto a prestação. Sentia-se meio como quem vai a uma aventura proibida, agarrada ao pacotinho precioso.

No sábado, levantou-se muito antes dos outros e meteu-se no banheiro com as coisas que tinha comprado. Enfiou o vestido novo, calçou as sandálias, sentiu-se estranha. Experimentou soltar os cabelos, não teve coragem. Passou batom, olhou-se no espelhinho, assustou-se, lavou depressa a boca com sabão. Ficou fechada um tempão, indecisa e agitada. Deixe de ser besta... Passou o batom outra vez, tirou, passou de novo e acabou saindo do banheiro assim mesmo, que já estava alguém batendo na porta. Saiu para a rua ainda no lusco-fusco da madrugada para ninguém de casa olhar para ela. Ficou esperando na porta da padaria, sentindo-se nua com um pedação das coxas à mostra, tão curtinha aquela saia, com os lábios em fogo, exposta a mil olhares curiosos embora não estivesse ninguém na praça àquela hora.

Vestiu o avental e a touca que a patroa fazia questão. Melhor, assim ninguém reparava no vestido. Atrapalhou-se a manhã inteira, deu dúzia por meia dúzia, derrubou a pilha de latas de sardinha e levou mais de um carão de dona Piedade. Viu passar o lotação de Itapagi. Será que ele veio? Não aguentava mais esperar e essa mulher que nunca mais que fecha essa padaria! Saiu, afinal, para a praça e deu a volta toda, até passar na calçada rente à casa dele. Ouviu voz de homem. Só podia ser ele. Fez voltas e mais voltas à praça até que deu com ele na janela, tropeçou nos próprios pés, passou diante da casa trocando as pernas. Ele olhou rindo e piscou para ela. Custou a refazer-se da emoção. Voltou para casa, engoliu o almoço sem mastigar, reavivou o batom e foi de novo para a rua.

Passou o resto do sábado e grande parte do domingo andando pela vila, buscando oportunidades de cruzar seu olhar com o dele. Arriscou-se até a dar umas voltas com as outras moças no meio da praça, à noitinha, enfrentando os olhares da rapaziada parada na calçada. Quando o percebia, virava a cabeça para outro lado, disfarçando, até chegar bem perto. Então o encarava e, invariavelmente, lá vinha a piscadinha, certeira. Foram ao todo seis piscadas naquele fim de semana. Já estava se acostumando, nem ficava mais tão nervosa, já nem estava se importando tanto com o vestido curto e o batom. Quando ele se foi embora estava exausta, com os pés doendo mas o coração em festa. Ele estava mesmo gostando dela, era o homem de sua vida, isso era certo como o destino.

Segunda-feira, sem nem pensar, passou batom antes de ir para a padaria. A cada dia um novo passo a caminho da felicidade: terça-feira dobrou a cintura da saia para encurtá-la, quarta-feira soltou os cabelos, quinta-feira foi à casa de seu Feliciano Araújo e arranjou um serviço para distribuir camisetas do candidato de Assis Tenório e recolher os títulos dos eleitores beneficiados. Pagaram bem, bendita política! Sexta-feira foi ao bazar Duas Irmãs e comprou um par de brincos dourados. Sábado, o lotação de Itapagi chegou e ele não veio. Logo hoje que estava se sentindo tão bonita! Dedicou o sábado e o domingo a aperfeiçoar as cenas de seu futuro com Roberto Carlos, sonhando acordada. À tardinha, quando todos os jovens da vila se concentravam na praça, ajeitou-se toda, botou os brincos e também foi. Seria impressão ou aquele rapaz novo que chegou para ajudar Tererê no posto do correio estava olhando para ela de um jeito diferente? Não é que estava mesmo! E ali adiante, aquele outro. "Enxeridos..." Não adiantava que ela não estava nem aí, já era comprometida. Nem percebeu que começava a mover levemente as cadeiras e o povo todo andava fuxicando sobre os misteriosos motivos da transformação de Mocinha, "aí tem coisa!".

Passou mais uma semana de intensas mudanças. Arranjou trabalho à noite na campanha da oposição e lhe pagaram ainda melhor que Assis Tenório. Naquela semana deu menos dinheiro à avó. Foi comprando mais uma coisinha, outra, uma blusa, uma saia, xampu e fivela para o cabelo, esmalte para as unhas. Passou a enfeitar-se todo dia, cada dia mais bonita, não fosse ele aparecer de improviso no meio da semana. Quando Luzinete comentou que ela estava mudada, até parecendo gente, ela nem se aborreceu, apenas sorriu, misteriosa. Copiou num caderno todas as canções de Roberto Carlos que encontrou numas revistas velhas. Na padaria, distraída pelos sonhos de amor, não ouvia quando lhe pediam meia dúzia de sonhos do fogão de dona Piedade, cometia cada vez mais desastres. Também, se perdesse aquele serviço nem se importava, que ele era bem empregado, não ia mesmo precisar trabalhar mais. Só tinha arrumado o emprego porque a portuguesa achou que ela é que servia, que não tinha perigo de o Manoelzinho se meter a engraçado com aquela miúda tão descorada e insossa. Mas agora dona Piedade andava por demais desconfiada, vendo toda aquela transformação. "O que é que tu tens, ó menina, que andas tão despassarada?" Nem ligava. A patroa que não pensasse que ela ia nunca dar confiança para aquele enxerido do filho dela. Tinha coisa muito melhor, não era gente para namorar qualquer um.

No sábado seguinte ele veio. Ela caprichou nos trajes, na pintura e no penteado e recomeçou a maratona pela praça. Hoje ele ia falar com ela, com certeza, pedir para namorar ou, pelo menos, puxar conversa, perguntar o nome dela, apresentar-se, perguntar se ela gostava de música, essas coisas... Já tinha até preparado as respostas: "Adoro o seu xará, Roberto Carlos, veja que coincidência. Até choro quando escuto *Essa nossa canção... Amada amante*, então, fico toda arrepiada..." Mas que nada, ele só fazia mesmo era piscar um olho quando ela passava. Não adiantava retardar o passo, para dar-lhe tempo de abordá-la. Ele piscava e calava e ela seguia adiante, sentindo a canseira. Semana que vem, se ele não falasse, quem ia falar era ela, decidiu, ia desatar aquela história. Passou a semana fazendo e refazendo as frases e os trejeitos com os quais ia atacá-lo e conquistá-lo definitivamente. Adquiriu de uma vizinha, a preço de ouro, um disco antigo do rei Roberto Carlos, garranchou na capa "de sua grande admiradora" e mandou Preá entregá-lo na casa da praça.

Já estava ajudando a patroa a fechar a porta da padaria, na sexta-feira, quando viu chegar a mãe de seu enamorado. Voltou ao balcão para servir a freguesa, atenta à conversa: "E então, minha senhora, seu filho já ficou bom do tal problema no olho?" Esperou a resposta, desconfiada. "Ih, dona Piedade, deu um trabalho danado, mas o doutor de João Pessoa passou um remédio muito caro e diz que logo ele não sente mais nada e para de tanto piscar." Ficou esperando a explosão da dor de tamanha desilusão, mas ela não veio. Não sentiu nadinha além de um certo espanto. Afinal, ele não era mesmo grande coisa. E o que não falta nesse mundo é homem. Tirou o avental e a touca, sacudiu a cabeleira e saiu se requebrando pela praça.

Um amor de outro mundo

Devair amava Josineide de amor desesperado. Sabia bem que não tinha a menor esperança de um dia receber dela sequer um olhar mais atento. Tal certeza vinha daquilo que todas as moças de Farinhada sabiam e, por consequência, todos os rapazes também: Josineide esperava pelo homem que lhe fora prometido, belo, louro, galante e doutor, que viria de terras distantes. Nem mesmo outros jovens mais bonitos, afoitos e prestigiados do que Devair mereciam os suspiros de Josineide. Pela pracinha da igreja, onde se desenrolavam os ritos de sedução e as conquistas amorosas, a moça passava sempre impávida, certa de seu destino superior.

Devair em nada correspondia às expectativas de sua amada. Moreno como quase todo o mundo ali, muito alto e excessivamente magro, tinha a língua presa, os olhos de peixe morto e uma invencível timidez: enrubescia e suava vergonhosamente se qualquer moça se dirigisse a ele. Além do mais, não existia a menor indicação de que viria a ser doutor. Seu futuro estava traçado: só podia ser mesmo pintor de paredes. Um excelente pintor, é verdade, capaz de criar as mais inventivas e harmoniosas combinações de cores, que tornavam as fachadas de

Farinhada uma visão peculiar e encantadora. Era de um capricho admirável, jamais uma pincelada fora de lugar, quase nunca um pingo de tinta perdido. Preá, sempre convocado para limpar logo algum respingo extraviado, raramente tinha o que fazer e achava aquele dinheirinho de Devair o mais fácil de ganhar. Quando acabava um serviço, tudo ficava limpo e perfeito como se a casa tivesse tido eternamente aquelas cores. Já era conhecido em toda a região e tinha sido até chamado para pintar a complicada fachada barroca da matriz de Itapagi. O resultado foi amplamente elogiado pela gente do Patrimônio Histórico. Sim, Devair tinha um futuro... De pintor de paredes.

Josineide jamais poderia olhar para Devair. Seria trair o destino que lhe fora revelado do além: havia anos, desde que perdera o interesse pelas bonecas de pano, as panelinhas de barro e começara a pensar no amor, fazia suas sortes nas vésperas de Santo Antônio e de São João, e os resultados reiteravam-se infalivelmente: o homem de sua vida seria louro, belo, doutor e forasteiro. Tinha visto inúmeras vezes o rosto dele refletido na água clara de uma bacia à luz da fogueira, no desenho formado pelas claras de ovos deixadas a noite toda no sereno e as facas que, ano após ano, cravava no tronco de uma bananeira, na manhã seguinte traziam manchas que escreviam, clara e invariavelmente, doutor. Para ter certeza, ultimamente Josineide vinha recorrendo a sortes mais modernas, ainda não sacramentadas pela tradição, mas recomendadas por uma prima que morava na capital: trancava-se num quarto escuro, na véspera de Santo Antônio, e olhava por um desses pequenos monóculos de plástico que os fotógrafos de feira vendem e ela esvaziou de qualquer retrato banal. De dentro da escuridão, no meio da lentezinha turva, brilhava sempre o rosto do moço louro desconhecido. Havia também as predições das ciganas que leram sua mão e os frequentes sonhos em que ele lhe aparecia numa paisagem ensolarada, vindo de muito longe, sorrindo e estendendo-lhe as mãos com um ramo de flores. E, se para alguém tudo isso parecesse pouco para traçar definitivamente a sua dita, havia ainda o indício definitivo: a visão do prometido tinha-lhe aparecido não só em sortes ou em sonhos, enquanto dormia, mas em plena vigília, na missa da matriz de Itapagi, depois de haver comungado das mãos de ninguém menos do que o santo frei Damião, milagreiro inconteste. Enquanto contemplava piedosamente a estátua de São Miguel Arcanjo, viu-a transformar-se pouco a pouco na imagem de seu amor anunciado. De nada adiantou ouvir padre Franz repetir, cada mês de junho, que sortes e crendices eram tudo besteira e ilusão.

Josineide sabia, sem nenhuma dúvida: seria um caso de amor apaixonado e eterno como nem em novela se havia jamais visto. Nunca renunciaria a isso em troca de um amor menor com um rapaz qualquer da vila e da vida insossa das mulheres casadas, sem nenhum romantismo para amenizar a dureza da vida de pobre depois que passava a lua de mel e os homens deixavam de ser namorados, tornando-se maridos como todos os outros.

Apesar de saber de tudo isso, Devair custou a desistir de conquistar o coração da amada. Só podia ser ela; se não fosse ela, mais ninguém. O amor de Devair era absoluto. Sua timidez, porém, reduzia a quase nada suas possibilidades de sucesso, já que nunca teria coragem de abordá-la nem a aptidão necessária para lançar-lhe as iscas sutis da sedução. Pensava que, se algum encanto tivesse, seria apenas o da sua arte. A familiaridade do rapaz com as tintas e pincéis ia muito além das brochas e da cal. Por profissão pintava paredes, por devoção pintava santos. Começara por renovar, a pedido do padre Franz, as cores desbotadas dos santos da igrejinha de Farinhada e todos os velhos concordaram em que ficaram muito mais bonitos do que quando novos. Devair não quis cobrar pelo serviço, parecia-lhe um pecado ganhar dinheiro com coisas sagradas. Desde então, vestiu com novas cores uma infinidade de santos: santinhos minúsculos, recordações de primeira comunhão, grandes estátuas dos padroeiros das igrejas da região. Jamais cobrou dinheiro algum, fazia-o por pura devoção e por esperar do santo ou da santa em questão alguma ajuda em seu caso de amor. Aos poucos foi-se libertando da fidelidade às cores originais das imagens e inventando, embelezando, criando um estilo original que tornava inconfundíveis os santos que passavam por suas mãos. Dedicou-se a pesquisar tintas, a inventar cores nunca vistas. Passava noites apanhando vaga-lumes para fazer misturas que permitiam acrescentar auréolas estranhamente fosforescentes às cabeças e pintar nos mantos estrelas que brilhavam na escuridão. Dizia-se que os santos de Devair já tinham feito um pistoleiro facínora chorar como criança, mulher-dama mudar de vida e muitos incréus voltarem à fé. Foi por isso que o pintor pensou que a beleza de sua arte talvez pudesse conquistar Josineide.

Encomendou na loja de Haddad, em Itapagi, a mais bela imagem de gesso da Virgem Maria que havia nos catálogos. Viveu feliz duas semanas, na expectativa de receber a santa e transformá-la num irresistível penhor de seu amor. Quando a retirou da caminhonete do Galego, tremiam-lhe as mãos. Correu para o barraco que lhe servia de oficina e durante uma noite, um dia e outra noite, sem comer nem dormir, num transe pintou a Virgem Maria como imaginava que estaria gloriosa no céu.

No meio da segunda noite sentiu que havia terminado. Carregou a santa para fora do barraco, pousou-a sobre um toco de pau e sentou-se a contemplá-la, tão bela e refulgente que a passarada despertou mais cedo que de costume e cantou, como se já fosse raiar a madrugada. Era com certeza a coisa mais bela que já fizera e que já vira. Misturavam-se nele uma alegria esperançosa e a certeza angustiante de que aquela era sua única possibilidade de comover a amada: se falhasse, seria o fim de suas esperanças. Quando amanheceu, envolveu a imagem em papel de seda e encarregou Preá de entregá-la pessoalmente. Não era preciso nenhum recado, qualquer um saberia que tal presente só podia ter vindo dele.

Devair adoeceu de ansiedade quando não veio nenhum sinal da moça, nem naquele dia nem nos seguintes. O que afinal recebeu, como uma peixeirada no peito, foi a notícia de que Josineide tinha achado que a Virgem oferecida assim, sem mais nem menos, era o presente ideal para o aniversário da madrinha.

Desde então, as estátuas pintadas por Devair ganharam cores cada vez mais melancólicas e ele tomou-se de predileção pelos Cristos crucificados, pelas Senhoras das Dores com suas sete facas no peito, pelos Franciscos das Chagas, pelos Lázaros escalavrados, pelos Sebastiões flechados e por quanto santo ferido e trágico houvesse.

A verdade é que Josineide não tinha uma devoção especial pela Virgem Maria, a não ser, é claro, aquele tanto que correspondia à obrigação de todo cristão. Seu santo preferido era mesmo Santo Antônio, a quem atribuía, mais do que a São João, a graça de seu destino amoroso sem par. Apenas, à medida que o tempo passava e se aproximava seu vigésimo quinto aniversário, ocasião em que, segundo a tradição de Farinhada, as moças solteiras tornam-se vitalinas, Josineide impacientava-se. Achava que seu santo estava tardando demais para cumprir o prometido.

Uma vez pensou que finalmente havia chegado a hora. Foi quando apareceu em Farinhada um doutorzinho novo, médico recém-formado que aqui vinha fazer sua residência em Saúde Pública. Correspondia em tudo à imprecisa imagem do prometido que vira tantas vezes em sonhos, monóculos, bacias e claras de ovos: era louro, bonito, doutor e vinha de longe como denunciava a sua fala. Josineide subiu aos céus e lá permaneceu uma semana, esperando ansiosa o momento do encontro e da revelação que aconteceria com absoluta certeza, como disse a Gorete, sua confidente e informante.

Ao fim de uma semana, durante a qual em nenhum momento o doutor lhe havia manifestado qualquer interesse além da gentileza que dispensava a toda a gente da vila, Josineide achou que certamente cabia a ela dar o primeiro passo, já que a ela havia sido revelado de antemão o inexorável destino de ambos para a mútua paixão. No sábado levantou-se de madrugada e deu-se um tratamento de noiva em dia de casamento: tomou um longo banho com ervas de cheiro, lavou e tratou os cabelos com babosa, pintou as unhas com um romântico cor-de-rosa pálido e trajou-se com o vestido branco bordado que havia tempos aguardava esse momento. Foi à missa das oito, comungou, agradeceu a Santo Antônio e a São João e pediu perdão antecipado a Deus, para o caso de não ser capaz de resistir e responder de imediato aos apelos da avassaladora paixão que brotaria, dentro de instantes, entre ela e o doutorzinho. Saiu da igreja sem se deter à porta para conversar com as amigas, como era de costume. Despedia-se já de sua vidinha de moça solteira. Sem olhar para os lados, seguiu determinada e segura para a casa alugada pelo doutor, meteu a mão no trinco e abriu a porta, sem bater, para encontrá-lo aos beijos com uma desconhecida, vestida com uma saia de cigana, dezenas de colares e pulseiras, o cabelo crespo armado como um guarda-chuva e uma mochila às costas. Este não era *ele*, fora um mero engano que não abalou por mais de alguns segundos as certezas de Josineide. Apenas, voltando para casa, pôs Santo Antônio de castigo, virado para a parede, porque sua precipitação em relação ao doutor a havia feito ver que já não aguentava mais esperar. Como todo projeto de médico que passa por aqui, o moço louro não demorou a ir-se embora e Josineide nem ligou quando Gorete correu para lhe contar.

O que a moça jamais imaginou e ninguém poderia imaginar eram as circunstâncias em que seu sonho, afinal, se realizaria.

Os estranhos fatos começaram a acontecer justamente na véspera dos vinte e cinco anos de Josineide. Como a cada anoitecer, logo depois do café com cuscuz e da novena, juntara-se na praça uma boa parte do povo de Farinhada, a parte mais pobre, a maioria, que não tinha televisão e vinha ver o noticiário e a novela no aparelho que o prefeito tinha embutido num oratório apropriado, num canto da praça. A verdade é que, em geral, grande parte do noticiário era apenas vagamente compreensível. "Onde fica esse Iraque?..." "Deve ser bem longe, que aqui ninguém nem ouve a zoada dos tiros..." Mas naquele dia houve uma notícia que toda a gente entendeu e causou grande alvoroço: aqui mesmo, numa estrada a apenas cinco quilômetros de Farinhada, na bem conhecida curva do João do Bode, havia baixado um disco voador na noite anterior. Imediatamente muitos acreditaram lembrar-se de ter vislumbrado uma estranha claridade... A nave havia pousado ao lado da estrada e dela saíra um extraterrestre, em quase tudo parecido com um de nós, mas muito alto e brilhante como se feito todo de luz. Havia-se apresentado, por meio de telepatia, é claro, como originário do sistema planetário de Aldebará e como especialista no estudo dos terráqueos. Vinha em missão de paz e escolhera a região como a mais interessante para suas pesquisas. Pretendia permanecer por um bom tempo. A nave levantara voo quase imediatamente, deixando em terra o extraterrestre, que se meteu pela capoeira ao lado da estrada e desapareceu. A testemunha de tudo isso era nem mais nem menos do que o conhecido dr. Leonardo Manoel Quixadá, que por ali passava sozinho em seu carro, procurador da República, homem sisudo e conservador, um intelectual sério, autor de vários calhamaços jurídicos, enfim, uma testemunha inegavelmente fidedigna. Dizia ainda o noticiário que os ministérios da Aeronáutica e das Relações Exteriores já estavam enviando funcionários graduados para o local e que já se havia alertado a Nasa, por conta da seriedade do dr. Quixadá. A notícia repercutiu em Farinhada de maneira variada: mulheres e crianças gritando de medo, correndo para trancar-se em casa, os céticos rindo-se delas, os engraçadinhos soltando piadas, o sargento botando os três soldados de prontidão, as moças imaginando se era bonito o extraterrestre, dona Inácia perguntando "o que será que ele gosta de comer?" e Galego organizando, a cinco reais por cabeça, uma excursão para ir imediatamente procurar, em vão, o alienígena na curva do João do Bode. Nos dias seguintes, muita gente jurou ter visto coisas estranhas, mas nenhum sinal concreto da presença do extraterrestre foi encontrado. Farinhada, o povoado mais perto da famosa curva, encheu-se de jornalistas, equipes de televisão e curiosos. Só o pessoal da Nasa não apareceu. A pensão de dona Inácia fez bons lucros, as meninas namoraram os fotógrafos, Erlinda vendeu mais de seiscentas empadinhas na praça, padre Franz passou horas tomando cana e conversando de política com os jornalistas, enfim, uma semana de festa e distração. Passados sete dias sem sinal do viajante astral, a imprensa volúvel foi-se embora e as águas da rotina farinhense voltaram ao seu leito.

Farinhada já começava a esquecer o episódio do disco voador. O extraterrestre, se é que existia, com certeza não havia mesmo de ficar num lugarzinho chinfrim como Farinhada e devia ter ido para uma cidade importante. Apenas Josineide já não podia esquecê-lo: desde o dia da notícia alguma coisa mudara em seus sonhos premonitórios. Desde então, cada vez que sonhava com seu príncipe encantado ele agora lhe aparecia resplandecente, como se fosse todo feito de luz, quase ofuscante. Não teve coragem de contá-lo nem a Gorete, sua mais íntima amiga. Pensariam que estava doida. Ela mesma se perguntava se seu sonho ainda merecia crédito ou se tinha sido influenciada pela agitação geral que tomara conta de Farinhada durante aqueles acontecimentos. Sua dúvida dissipou-se imediatamente assim que, certa noite, acordou com uma vaga claridade que se insinuava por um buraco aberto nas telhas de seu quartinho. Era ele, era ele, afinal! Brilhava na escuridão, flutuou suavemente do telhado à cama dela, tocou-a com doçura, acariciou-a, silencioso e sutil. Josineide sentiu-se invadida por uma felicidade calma e confiante. Estava preparada para ele por tantos anos de espera. Entendeu todas as declarações emitidas por ele, através de pura telepatia, o imenso e eterno amor que tinha por ela. Podia adivinhar cada um dos gestos que ele faria e responder antecipadamente. Foi uma linda noite de amor. Tanta delicadeza e prazer nada tinham a ver com o que lhe haviam contado furtivamente suas amigas casadas.

O amante de outro mundo voltou noite após noite, sempre silencioso e iluminado, com seus cabelos de ouro puro. Josineide parecia já viver também em outro mundo, maravilhada, guardando em segredo o que lhe estava acontecendo e que lhe parecia grande e misterioso demais para ser contado aos outros. Só quando seu sangue deixou de fluir a cada lua e o bucho começou a avolumar-se é que foi obrigada a contar, primeiro à madrinha e a Gorete e depois ao mundo. Não queria cair no destino comum e triste de uma mãe solteira qualquer. Tinham de saber que o caso dela era outro. Não era mais solteira, tinha vivido núpcias eternas e misteriosas. É certo que muita gente não acreditou. Disseram coisas maldosas. Honório da farmácia, que vivia comprando revistas atrasadas em Itapagi, disse que não era a primeira vez que uma moça dava um mau passo e depois culpava um marciano, era uma história muito conhecida. Mas ninguém conseguia sugerir quem mais poderia ser o autor da façanha, pois Josineide, era mais que sabido, nunca dera confiança a nenhum macho, esperando sempre fielmente o prometido. Os mais benevolentes acreditaram logo que um alienígena se havia feito carne em Farinhada e passaram a cercar Josineide de todos os cuidados. Mesmo o ceticismo dos mais duros, porém, ficou profundamente abalado quando o menino demorou dez meses e meio a nascer, botou para fora primeiro os pés, magro como um graveto e com sessenta centímetros de comprimento. Não podia mesmo ser filho de um terráqueo qualquer. O parto foi tão difícil, a hemorragia tão grande que tiveram de levar a mãe às pressas para o hospital de Itapagi. Não poderia mais gerar filhos, disseram.

Afora ser sempre magro e mais comprido do que os meninos de sua idade, no mais Toninho era igualzinho aos outros. Nada denunciava claramente sua geração híbrida, sua herança extraplanetária. Nos primeiros anos nem sequer demonstrava qualquer outra peculiaridade de aparência ou de comportamento. Um menino qualquer. Só lá pelos cinco anos é que se pôde notar que ele tinha, definitivamente, a língua presa e os olhos de peixe morto. Se alguém estabeleceu alguma relação entre esses sinais e o fato de que os santos de Devair, nos últimos anos, tinham voltado a exibir cores alegres, calou-se. Afinal, Josineide é uma mulher feliz e a vila de Farinhada gosta de gente feliz.

O tempo em que dona Eulália foi feliz

Assis Tenório acordou às duas da madrugada com uma dor de ferroada no lombo, disse um palavrão dos grossos e deu uma cotovelada para despertar dona Eulália, que dormia encolhida bem no canto da cama para não incomodar. A mulher, antes de abrir os olhos, pediu desculpas, sem saber por quê, por via das dúvidas... Nas costas de Assis Tenório havia um caroço encarnado, parecendo picada de bicho peçonhento, o homem gemendo feito um condenado. Dona Eulália saiu correndo enrolada no lençol, chamando por Adroaldo, escarranchado numa rede na varanda, como sempre, a noite toda agarrado com a doze de cano serrado para o caso de qualquer perigo. Adroaldo veio e sentenciou: "Picada de escorpião, dona Otília dá jeito."

Foram buscar a rezadeira no meio da noite, mas ela não encontrou nada a fazer para aliviar a dor do fazendeiro. Nenhuma pomada, erva, banho nem reza, nada adiantou. Dona Otília avisou: "É picada de escorpião, não; é outra coisa, que eu nunca vi."

Assis Tenório passou a manhã emborcado no sofá da sala, xingando Deus e o mundo, com a capangada toda concentrada na sala e na varanda, fazendo guarda para o patrão injuriado, dona Eulália com os olhos vermelhos de chorar, mais de medo que de tristeza. O terreiro da fazenda cheio de curiosos, ouvindo as notícias e produzindo centenas de diagnósticos naturais e sobrenaturais, propondo tal variedade de tratamentos que poderia reformular por completo a medicina moderna. Lá para o meio-dia, o fazendeiro anunciou que a dor estava passando. Vivas, tiros para o ar, quase um festejo de vitória em batalha! Durou pouco. No lugar da dor instalou-se uma comichão infernal e foi preciso organizar os homens para coçar por turnos, pois o dono da comichão não alcançava o lugar bem no meio das costas e dona Eulália, magrinha daquele jeito, não tinha força nem coragem de coçar para valer.

Às seis horas da tarde pipocou outra bexiga, dessa vez bem no meio duma canela, e a primeira pereba parou de comichar, abriu-se como uma chaga e começou a feder. Dali para diante já ninguém pôde contar o número de caroços e pústulas que se abriram pelo corpo inteiro de Assis Tenório, nas diversas fases em que se apresentavam: a dor, a comichão, a catinga... Lá da porteira da fazenda ouviam-se os gritos e as blasfêmias do homem e sentia-se o fedor alastrando-se por toda parte.

Já era para mais de meia-noite quando Honório da farmácia teve a ideia de mandar buscar todo o gelo que houvesse em Farinhada, encher a banheira e mergulhar Assis Tenório em água gelada, para ver se o aliviava e se dava sossego aos ouvidos dos outros que não aguentavam mais os berros e as pragas. Os raros donos de geladeiras do povoado foram acordados a golpes de coronha nas portas e janelas, deram com as caras medonhas dos capangas, destituídos de outra cara para mostrar e assustadores mesmo sem querer, e ninguém pensou em resistir ao confisco de todas as pedrinhas de gelo que tinham em casa. Pareceu que se resolvera a questão pelo menos até a manhã seguinte, não fosse o gelo coisa tão passageira. Por pouco mais de uma hora, Assis Tenório aquietou-se e chegou a cochilar, com Adroaldo sustentando-lhe a cabeça para que não se afogasse, mas, assim que o gelo derreteu e a água começou a amornar, o doente acordou e recomeçou o desassossego e a gritaria. Nada a fazer... As poucas geladeiras velhas de Farinhada jamais poderiam produzir em tempo o gelo necessário para prosseguir no tratamento. Falaram em chamar padre Franz para benzer o doente e a casa toda, mas ninguém teve coragem de insistir depois do berro do patrão: "Aquele padre comunista tem parte com o Cão, não pisa na minha propriedade!"

Quando amanheceu o segundo dia daquilo que o povo já chamava "a peste de Assis Tenório", Adroaldo assumiu o comando, mandou buscar um aviãozinho para levar o patrão para João Pessoa e convocou Assisinho, que vivia na Bahia fingindo que estudava medicina. O filho fez corpo mole, disse que tinha muito que estudar, mas, diante da ameaça de corte da mesada, veio ligeiro encontrar o pai e o jagunço no hospital.

De hospital em hospital, Assis Tenório esgotou todos os recursos médicos da Paraíba sem encontrar alívio nenhum. Fizeram-lhe tudo que foi teste, do velho exame de fezes até ressonância magnética. Nada encontraram que explicasse os sintomas e de nada lhe adiantaram o prestígio e o poder de deputado federal. O fazendeiro, gemendo, coçando-se e fedendo, insultava os médicos, ameaçava as enfermeiras e ofendia a Deus, sem nenhum efeito senão o de mandarem-no embora sem tratamento e com muitos cheques a menos no talão.

De João Pessoa a Recife, de Recife a Brasília, de Brasília a São Paulo e de lá para o Rio de Janeiro, Adroaldo fielmente transportou seu patrão, seguido a distância pelo herdeiro Assisinho, que não aguentava a catinga do pai. A cada semana tinha-se de mandar vender uma boiada para enfrentar os gastos. Além dos médicos e exames, tinham de pagar por um andar inteiro de hotel de luxo, interditado para os outros hóspedes por causa do fedor. Assisinho, morto de medo de que o pai ficasse pobre, empenhava todos os seus parcos conhecimentos médicos buscando cura para o velho. Mobilizaram-se todos os cientistas do Instituto de Manguinhos, mandaram-se amostras purulentas a todos os centros de pesquisa de doenças tropicais no mundo inteiro e... nada. Esgotados os institutos de doenças tropicais, passaram a enviar frascos com lascas de Assis Tenório para os institutos de doenças temperadas, árticas e antárticas, e para os laboratórios da Nasa. Nenhum diagnóstico, nenhum alívio.

Em Farinhada, durante a primeira semana de ausência do dono, tudo continuou como sempre, cumprindo-se as ordens que ele mandava por telefonemas diários. Mas, com a piora crescente do deputado, as ordens foram rareando até desaparecerem por completo, e finalmente só se tinha informações do progresso da doença pelos noticiários de televisão. A população de Farinhada começou a sentir-se solta, com a estranha sensação de poder fazer o que quisesse sem perigo de sofrer nenhuma consequência funesta de algum ato impensado.

Sem o patrão e sem Adroaldo para mandar fazer malvadezas, os capangas da fazenda foram-se tornando mansos como carneirinhos, aprendendo a sorrir, a contar casos engraçados, a olhar e falar como gente e a beber aguardente com limão junto com os simples agricultores de Farinhada, sentados descansadamente em volta de uma mesa do bar Delícia, conversando miolo de pote, sem maldade nenhuma. O povo de Farinhada não demorou em retribuir a mudança de modos dos cabras, convidando-os às suas casas, oferecendo-lhes coisas raras, doce de jaca com queijo de coalho, refresco de tamarindo, uma buchada especial e até o feijão de todo dia, apresentando as moças aos homens mais jovens, enfim, dando-lhes o trato que se dá a gente. E a capangada, feliz, descobrindo o gosto de andar pela rua no meio dos meninos sem provocar fugas apavoradas, de não fazer mais medo a ninguém, de receber sorrisos das moças, boa tarde das senhoras e, de qualquer matuto, tapas amigáveis nas costas. Foram mudando de cara, de roupas, de cheiro. Esgotou-se o estoque de perfume em Farinhada.

Mas a mudança mais espantosa foi a que se deu em dona Eulália. Pela primeira vez desde que se casara, longe das vistas do marido, estando ausente também Adroaldo, segunda pessoa dele, Eulália viu-se, de repente, dona de tudo, sem ninguém que lhe dissesse o que fazer ou que lhe proibisse qualquer coisa. Não se deu conta da nova situação de imediato, pois o medo e a submissão, o nada ser e nada poder, eram-lhe uma segunda natureza. Assim também a gente da fazenda teria continuado na mesma pisada de sempre: para fosse o que fosse havia que pedir licença, pedir favor, pedir desculpas, pedir transporte, pedir... a quem se encontrasse de plantão na varanda da casa-grande — Assis Tenório em pessoa; Adroaldo, em sua ausência, ou mesmo Assisinho, em suas frequentes férias em Farinhada.

Nos primeiros dias do silêncio de Assis Tenório, as coisas de sempre deixaram de ser feitas, o dia a dia tornou-se vagaroso e sem rumo certo, os moradores dos seus domínios ficaram perdidos, sem ter a quem pedir nada, andavam de um lado para o outro meio embebedados com a desconhecida liberdade, desordenados como uma fieira de formigas quando se lhe atravessa um obstáculo repentino. Mas o costume tem muita força, a liberdade é condição por demais arriscada e aos poucos foram voltando um a um aos degraus da varanda, atrás de comando, de providências, de permissões. Mandavam chamar dona Eulália. Aos primeiros pedidos que lhe fizeram, a mulher apavorou-se, empalideceu e encolheu-se ainda mais, sem compreender por que se dirigiam a ela com coisas assim que demandavam um poder que nunca lhe pertencera. O que havia de fazer com o morador que dizia não poder dar a meia do milho porque não havia milho? E aquele que não podia pagar o foro porque gastara o que não tinha com uma doença da mulher? E com quem vinha pedir que mandasse um carro levar uma velhinha para o hospital de Itapagi, com quem vinha lhe pedir que mediasse uma pendenga entre dois moradores porque a cabra de um comera a roça do outro, ou lhe pedia providências contra o rapaz Everaldo que lhe roubara a filha, com quem lhe vinha pedir um adiantamento sobre a próxima safra de urucum para comprar um remédio para o filho se ela jamais pegava em dinheiro?

Foi a compaixão, diante da ladainha de dores e tristezas que ecoava em sua varanda, que acabou por vencer a timidez de Eulália e ela ouviu-se, para seu próprio espanto, dizer a um que estava dispensado do foro deste ano, a outro que esquecesse a meia do milho, ao Galego que pegasse o opala preto e levasse quem precisasse para onde fosse e a Biu que corresse à farmácia buscar uma lista enorme de remédios, e ainda por cima ouviu-se, estarrecida, mandar dizer a seu Araújo que pagasse tudo com o dinheiro das contas da fazenda. Como um milagre, tudo se fez conforme o coração de dona Eulália, obedeceram-lhe todos, virando-se pelo avesso as vontades do patrão, e o mundo não se acabou. Ao fim do primeiro dia de seu reinado, a mulher do fazendeiro sentia-se exausta e confusa porque seu coração tremia ao pensar no que acabara de fazer sem que pudesse decidir se era ainda de medo ou já de alegria, coisa difícil de reconhecer para quem fora triste tanto tempo. Teve de rezar muitos rosários aquela noite para afinal conseguir adormecer, quando o primeiro galo já cantava. Despertou com o sol alto e um apetite que maravilhou Joaninha, foi à capela, botou tudo nas mãos da Senhora da Guia e, sem hesitar, instalou-se na varanda para atender ao peditório. Com sabedoria resolveu o caso da cabra, decidindo que fosse dada ao dono da roça destruída a próxima cria da bichinha; despachou Antônio Bento para saber se Everaldo gostava da moça, e ela dele, e se queriam casar, oferecendo-lhes casa, roça e enxoval. E assim foi o dia inteiro, e o outro e os seguintes.

Em poucos dias, desabrochou na fazendeira uma coragem insuspeitada de fazer o que lhe passasse pela cabeça e pelo coração, uma vontade de tudo resolver, ajeitar, melhorar, um desparramo de imaginação que fazia brotar ideias e mais ideias de como dar um final feliz a cada caso que lhe aparecia. Mandou chamar padre Franz, que veio, meio contrafeito, atravessando pela primeira vez a cancela da fazenda de seu inimigo declarado, e com os conselhos dele estabeleceu um rol de melhorias para Farinhada e os sítios em redor, que mandou executar imediatamente. Reconstruíram-se escolinhas e capelas arruinadas, os jagunços feitos pacíficos pedreiros e carpinteiros, passou-se o trator pelas estradas da serra, abriu-se curso de corte e costura, distribuíram-se óculos de ver de perto e de ver de longe, deram-se cabras de raça prenhes para as mulheres grávidas, veio doutor, veio dentista, veio enfermeira da puericultura e finalmente, ó maravilha, Eulália mandou abrir as terras incultas da fazenda para quem quisesse botar roçado.

Para a felicidade do povo de Farinhada, mais importante do que as coisas que a mulher do deputado fez foi tudo aquilo que não fez: não aperreou, não achacou, não castigou, não espoliou, não proibiu, não cobrou, não sujeitou, não humilhou, não ameaçou. E o povo, contente e agradecido, trazia-lhe o que tinha de bonito: as crianças, agora mais gordinhas, para tomar-lhe a bênção, um santinho com uma oração forte de Santa Rita, um filhote de sagui encontrado sem mãe, passarinhos caídos dos ninhos, plantas perfumadas ou curativas, fotografias dos filhos e filhas distantes e amor. Livres de tantos afazeres ditados por Assis Tenório e seu braço direito, o povo de Farinhada deu de inventar novos afazeres, de sua própria lavra.

Dia após dia, dona Eulália desentristecia e vicejava. Joaninha, que trabalhava dentro da casa-grande, medindo-se com ela a toda hora, garantia que tinha crescido para mais de dois dedos desde que o patrão se fora embora e que ela tomara conta de tudo. Dava tanto gosto vê-la assim que se tornou um costumeiro passeio de domingo caminhar de tardezinha até a sede da fazenda, só para mirá-la de faces rosadas, de olhos brilhantes, de riso festivo e gestos largos, com seus dois dedos a mais de estatura.

Quando desistiu de melhorar no Brasil mesmo, Assis Tenório decretou: "Quero ir para Houston, no Texas." De nada adiantou dizerem-lhe que lá só tratavam do coração, da vista, de muitas outras coisas, mas não de bexiga brava. "É para lá que todos vão, eu sou deputado, também quero ir." Compraram-se as passagens, mas na última hora a companhia aérea norte-americana não permitiu que o doente embarcasse por causa da catinga que empestaria o avião, dos outros passageiros que processariam a companhia, dos milhões de dólares de indenização que teria de lhes pagar. Adroaldo quis reagir, puxou a pistola que trazia escondida no cano da bota, foi imobilizado, desarmado e algemado pela Polícia Federal e ainda teve de amargar uma noite de cadeia. O jeito foi venderem mais uma boiada e alugar um jatinho particular para levar Assis Tenório ao Texas. Tempo e dinheiro perdidos porque, no próprio aeroporto de Houston, esperava-os uma comissão de médicos que informaram que ali ninguém entendia nada de perebas e que a Saúde Pública americana não permitia que desembarcasse o portador de uma peste desconhecida.

De volta ao Rio de Janeiro, esgotados os recursos médicos modernos, nos meses que se seguiram, apelou-se para o sobrenatural, o esotérico, o alternativo, qualquer promessa de cura para qualquer mal. Procuraram um famoso médium que incorporava um doutor alemão para que operasse espiritualmente o fazendeiro, mas foram informados de que aquele mal ultrapassava os poderes normais de cura espiritual. Mandaram vir os mais famosos babalaôs e babalorixás, pais, mães, filhas e filhos de santo, astrólogos, adeptos dos florais de Bach e da neurolinguística, numerólogos e videntes, ciganas, exorcistas e frades milagreiros, grafólogos, tarólogos, ufólogos, bruxas modernas, dançarinas do ventre, entendidos de I-ching, de tai chi chuan e de taekwondo, terapeutas de vidas passadas, psicanalistas de todas as correntes, cabalistas, pajés de várias tribos, massagistas japoneses, acupunturistas chineses, bailarinas tailandesas, um chef de cozinha francês, hipnotizadores, faquires, ecologistas, encantadores de serpentes, professores de aeróbica e hidroginástica, padres e pastores de todas as igrejas que operavam curas, representantes do reverendo Moon, o preparador físico da seleção brasileira de futebol, rastafáris, roqueiros e funkeiros, gueixas e marafonas, mandaram buscar um pergaminho iluminado com uma bênção especial do Papa, uma fotografia autografada da princesa Diana, solicitaram por fax orações de madre Teresa de Calcutá, fizeram vir da Europa relíquias de tudo quanto é santo, de Jerusalém pediram uma pedrinha do Muro das Lamentações e de Meca um fiapo do pano preto que cobre a Caaba; consultaram o grande mago que vendia milhões de livros pelo mundo inteiro, tentaram o extraterrestre de Varginha, que não puderam encontrar, e, finalmente, um lama tibetano de passagem pelo Rio de Janeiro, encarnação autêntica do próprio Buda. Era a última esperança. O monge entrou com dificuldade no quarto atulhado onde definhava Assis Tenório e custou a percebê-lo no meio das centenas de anjos, duendes, cristais, defumadores, búzios, runas, o Corão em árabe clássico, bíblias em línguas vivas e mortas, ex-votos, charutos e comidas baianas, velas, patuás, breves, escapulários, relicários, imagens e altares de santos de todas as religiões; em silêncio sentou-se no chão com as pernas cruzadas, puxou discretamente uma ponta do manto alaranjado para tapar o nariz e ali ficou por horas, olhando o empestado, desfiando seu rosário e balançando tristemente a cabecinha pelada. Por fim, levantou-se e, através de sucessivos intérpretes, deu seu parecer: "Não é um mal que lhe fizeram, é o mal que ele mesmo fez."

Exatamente à mesma hora, dona Otília subiu solenemente os três degraus da varanda da fazenda, disse bom-dia a dona Eulália e comunicou que depois de muito cismar e rezar tinha descoberto qual era a doença de Assis Tenório: "É peçonha mesmo, patroa, mas não é de outro bicho, não, é a ruindade dele que não cabe mais lá dentro e está saindo pelo couro. Remédio, se tiver, é um só: ele desfazer todas as maldades que fez até hoje." Eulália consultou padre Franz, que achou o diagnóstico de dona Otília cheio de sabedoria e aprovou o tratamento prescrito por ela dizendo que, se não curasse o corpo, pelo menos faria alguma coisa pela alma de Assis Tenório. Animada por essa opinião e cheia de sua coragem nova em folha, dona Eulália escreveu ao filho explicando o diagnóstico e pedindo-lhe que, com jeito, tentasse convencer o pai. Não foi difícil: o estado em que se encontrava o deputado — enfraquecido, depauperado, desmoralizado, abandonado por eleitores e correligionários que não lhe suportavam o mau cheiro e que já não acreditavam que recuperasse o poder — e a coincidência da sentença de dona Otília com a do monge tibetano bastaram para que ele se entregasse às mãos do filho para trazê-lo de volta à fazenda.

Naquela tarde de sábado suspendeu-se o jogo de futebol e toda a gente foi-se para o campo de aviação da fazenda, sob a torreira do sol de duas da tarde, aguardar a chegada do deputado ou do que restava dele. Quase não puderam crer que fosse seu patrão aquele galho seco estendido na maca, todo atrelado aos apetrechos do soro. Como podia ter assim minguado, em menos de um ano, aquele baita homem que sempre lhes parecera um gigante indestrutível?

Assim que entrou na casa-grande, Assis Tenório, praticamente in extremis, como disse padre Franz, pediu à mulher, com voz fraca e enrolada por causa das perebas na língua e no céu da boca: "Faça caridade, Lalá, faça muita caridade, faça todas as besteiras que você sempre quis fazer que eu pago tudo." Eulália, sincera, respondeu: "Pois é isso mesmo que tenho feito, Assis, desde que você adoeceu, para pedir a graça de sua cura." Ele rosnou: "Fez por sua conta, não valeu nada. Agora faça por minha conta, faça como se fosse eu."

Houve quem desconfiasse de que aquilo não podia durar, Assis Tenório ali, sabendo de tudo, e dona Eulália continuando a fazer o que queria e, pior ainda, deixando o povo fazer... Mas suas vozes foram caladas pelos que, à força de crer para viver, ainda acreditavam no melhor. Ajudaram a mulher a ampliar suas bondades, rezaram pela cura do patrão, foram visitá-lo e desejar-lhe as melhoras. E pouco a pouco a inhaca esmoreceu, amainou a comichão, foram secando e sumindo as feridas do corpo do deputado; o diagnóstico fora acertado e o tratamento trazia a cura.

Soube-se, sem dúvidas, que Assis Tenório estava bonzinho de todo na manhã em que se ouviu, de repente: "Adroaaaaaaaaldo! Chame os homens, mande cortar as cercas e solte o gado nas roças de quem invadiu minhas terras." Dona Eulália quis argumentar: "Assis, pelo amor de Deus, pense...", mas sua fala foi abafada pelo vozeirão do marido: "Cale a boca, Lalá, vá rezar, vá bordar que mulher não sabe de nada, aqui quem manda sou eu."

Houve dias de enorme desassossego entre o povo da vila e dos sítios em volta, que se sentia no ar. Tendo perdido a inocência, Eulália, suspeita de agitação popular, foi despachada aos prantos para a casa da filha em Miami, por tempo indeterminado. Assis Tenório voltou a ser o mesmo, mas o povo de Farinhada, esse, não é mais o mesmo desde que andou provando do fruto proibido. É curioso, no entanto, que na memória farinhense aquele tempo não se chame o tempo da peste de Assis Tenório e nem mesmo o tempo em que gozamos de liberdade, mas sim o tempo em que dona Eulália foi feliz.

A voz do chão II

Nunca me movo daqui, por certo, que não sou mais do que este "aqui" e não posso despegar-me de meu lugar, mas sei: cheio de perigos é o mundo para além daquela curva da estrada no meio do canavial e tremo quando os vejo partir, para quais arapucas, meu Deus?, ou voltar, a contar histórias de outros chãos, saudosos, estropiados, ricos, loucos, pobres como Jó, mais que antes pobres. Aflijo-me quando sinto seus passos pensos pelo peso da mala, da trouxa, do saco, em cadência de partida ou de chegada. Mais pesada, quando voltam, é a carga invisível que trazem por dentro, das perdas e culpas que deixaram sabe Deus onde. Não posso nem penso em prendê-los a meu chão. O mundo é vasto e eu os quero livres, embora me doam.

Boas notícias

Assim que pôs os pés na praça Mauá, desembarcando carregada de meninos e trouxas, Zefinha Lima detestou o Rio de Janeiro como haveria de detestá-lo por mais de vinte anos. Vinha a chamado do marido, que já arrumara emprego numa construção, um barraco numa favela e não aguentava a solidão. Não tinha mesmo outro jeito. Como tantos outros, tinham de deixar o sítio, a Paraíba, buscar socorro no Rio de Janeiro, desde que Assis Tenório tinha tomado conta das coisas em Farinhada. Enquanto o velho Elpídio Tenório vivia, havia roçado para todo mundo que quisesse. Entregava-se ao velho a meia do urucum, do feijão e do milho, havia que garantir ao patrão-compadre a fidelidade de cada filho mais velho como afilhado, mas se podia criar uns bichinhos. Era vida pobre, dura, mas ainda era uma vida. Quando o velho morreu e Assis voltou do Recife para tomar posse das terras, todo enfatuado de estudos e modernices, foi aquela desgraceira: botou quase todos para fora, só queria mandar plantar capim e criar gado. Deu, quando muito, a passagem para o Rio de Janeiro para os afilhados sobreviventes de seu pai.

Foram vinte anos sem voltar à Paraíba. Os meninos cresceram, tornaram-se cariocas, arranjaram serviço.

A vida ia indo como Deus é servido. Quando o marido caiu do sexto andar da construção, Zefinha quis morrer também. Já não pôde suportar mais o Rio de Janeiro. Esperou sair a indenização, entregou quase todo o dinheiro aos filhos e comprou a passagem para Itapagi. Os meninos ficavam, eram dali. Ela não, nunca fora, voltava para o seu chão.

Quando chegou a Farinhada, quase não reconheceu a mãe. Dona Santinha tinha encolhido e enrugado como um maracujá. Depois de três dias de lágrimas e notícias, Zefinha deu-se conta de que a saúde da velhinha estava por um fio. Daí para a frente foi uma agonia. Cuidou da mãe com um desvelo que queria compensar os vinte anos de ausência. Quando ela morreu, confiou em que a irmã Socorro ia cuidar do pai, aceitou a oferta do vereador do distrito e foi ser professora no sítio Ventania. Sabia ler e escrever muito bem, tinha sido a melhor aluna de sua turma até o terceiro ano, quando saiu da escola para trabalhar numa casa de família em Itapagi. O que aprendeu, nunca mais esqueceu. Aceitou o trabalho não pelo dinheiro, que não era nada, mas por pena da meninada, mais de quarenta, analfabetos de pai e mãe. Gostou de encontrar alguma coisa que lhe desse sentido aos dias.

Zefinha ajeitou-se bem no quarto que lhe deram, encostado no oitão da casa de Antônia Silva, agradou-se das crianças, do ofício de ensinar, da capelinha boa para se puxar um terço na boca da noite ou para se recitar um ofício de madrugada, de ler para a comunidade alguma passagem da Bíblia, em geral ociosa num canto do altar da capelinha, só aberta por padre Franz quando vinha, do povo da Ventania e do ar mais fresco do alto da serra. Nas tardes de sábado e domingo, sob uma mangueira copada, lia para todos os que se juntavam ali, com voz forte e belo ritmo, os folhetos de cordel que traziam da feira com entusiasmo, contando com sua leitora. Só vinha a Farinhada vez por outra, no domingo, para assistir à missa e visitar os parentes. Estava, enfim, em paz. Suas várias saudades, um candeeiro a querosene e um gato lhe faziam companhia nos serões silenciosos do sítio, só cortados vez por outra pelo coaxar de uma rã, o estrilar de um grilo, o grito de uma rasga-mortalha de passagem.

Ao ver Ana Batista chegando à porta da escolinha com uma carta na mão, pedindo que a lesse, Zefinha pensou apenas em prestar mais um pequeno serviço que não lhe custava nada. Abriu, leu em silêncio, viu a expressão de alegre expectativa na cara da outra mulher: "É de Dorinha, professora? Está boa? É para me dizer que vem passar o São João? Já faz tanto tempo..." Zefa sentiu em si a dor da outra: *Mãe, só estou mandando esta carta porque meu coração não aguenta mais. É muito sofrimento o que eu estou passando. Foi por causa daquele rapaz que eu namorava e pensava que ia casar. Ele me engravidou, mãe, e depois não quis mais nada comigo, disse que o filho não era dele e que eu era uma rapariga que andava com qualquer um. A barriga já estava aparecendo e a patroa me mandou embora. Fiquei louca, mãe, dei minha roupa e o rádio-gravador pra empregada da vizinha, fui na bodega lá perto e tomei uma garrafa de água sanitária. Passei mal na rua e me levaram pro pronto-socorro. Sofri demais, mãe, por pouco não morria. Passei sete dias só no soro. O doutor diz que eu não vou mais falar direito por causa da queimadura na garganta. A criança eu perdi. Ainda estou internada e quem está escrevendo esta carta é uma mulher que vem aqui visitar os doentes e fala muito comigo. O que eu vou fazer da minha vida, mãe?...*

A mentira veio imediata, fácil, necessária: "Está boa sim, dona Ana, e diz o seguinte: *Mãe, me dê a bênção. Estou lhe mandando esta carta porque o meu coração está cheio de saudade. Comigo vai tudo bem, mãe, que aqui no Rio de Janeiro tem muito mais condição da gente melhorar. Comecei a namorar um rapaz, mas terminei porque achei que ele não era sincero comigo. Não se preocupe, mãe, que eu só vou namorar rapaz sério e respeitador. Olhe, minha mãe, vou mudar de emprego para uma casa que a empregada da vizinha arrumou para mim e que paga mais. Por isso não posso ir para o São João e porque ainda estou pagando a prestação do rádio-gravador. Mas no ano que vem eu vou de certeza, mãe...*" "Que bom, dona Zefinha, no ano que vem ela chega! Amanhã eu venho para respostar, se a senhora puder..." Ana Batista dobrou a carta, meteu-a no decote do vestido e foi-se com passo ligeiro espalhar as boas notícias.

Naquela noite, a professora custou a dormir. Revirava-se na rede, aperreada pela mentira. Nunca fora de mentir nem para ajeitar situações incômodas. O marido muitas vezes se zangava com a sua teimosa mania de dizer sempre a verdade. Aprendera que mentir é pecado e Zefa nunca fez um pecado que pudesse evitar. Mas, naquele caso, fizera sem pensar, a compaixão pela outra mãe tinha tomado conta dela. Seria pecado mesmo assim? Mentir por bem não estava certo? Se não fosse, por que aquele sentimento bom misturado com o aperreio pela mentira? O que Ana Batista poderia fazer frente à desgraça da filha senão sofrer e sofrer, na impotência da sua pobreza? Debateu-se com a dúvida até que os galos começaram a cantar. Então soube que não podia mais voltar atrás e que no dia seguinte escreveria uma bela carta consoladora para o Rio de Janeiro, assinada "*sua saudosa mãe, Ana*

Batista". Pediu perdão a Deus pelas mentiras, por via das dúvidas, e adormeceu. Na próxima vez que veio à missa em Farinhada, pediu para se confessar com padre Franz, perguntou se tinha pecado dizendo aquelas mentiras a Ana Batista. O padre ficou calado, pensando, e afinal disse que não sabia, que era um problema muito complicado, fizesse a Zefa o que seu coração mandasse, desde que deixasse o amor mandar no coração dela.

Desde então, Zefinha Lima tornou-se a guardiã da alegria tranquila do sítio Ventania. Nunca mais emprestaria sua voz para uma notícia ruim. Quando as cartas eram boas, lia ou escrevia com a maior fidelidade, sem omitir uma palavra. Não mentia à toa, pelo gosto de mentir. Continuava a ser uma mulher verdadeira, mas a verdade maior era que aquele povo precisava viver. Que podiam eles fazer diante das desgraças já acontecidas, tão longe? Já bastava o peso cotidiano das duras tarefas do roçado e da casa, do sol quente e dos mosquitos, das mordidas de cobra e do medo das truculências de Assis Tenório, que os explorava até arrancar o couro, do esforço sem descanso para sobreviver na pobreza. Bastavam as desgraças, doenças, mortes e malfeitorias que aconteciam ali mesmo, aos olhos de todos, que ela não podia mudar.

Para a professora do sítio Ventania, impedir que as más notícias andassem daqui para lá e de lá para cá, espalhando tristeza e agonia, tornou-se uma missão. Quando era impossível esconder de todo um fato triste, pelo menos retirava-lhe a violência. Quando o filho de Francisco Bento escreveu que o irmão tinha se desencaminhado, metendo-se com os bandidos da droga, e ia acabar morto de tiro como todos os outros, leu que o menino tinha arranjado um emprego meio perigoso, mas que pagava muito bem; logo que pudesse ia mandar algum dinheiro para casa. Quando a filha de Olindina escreveu que tinha sido atropelada no ponto do ônibus e ia ficar com uma perna aleijada, descreveu um belo passeio que a moça teria feito à ilha de Paquetá cujo único senão tinha sido uma queda de bicicleta e a perna machucada. A bala perdida que arrancou uma vista de Biuzinho transformou-se num argueiro que lhe infeccionara o olho, mas já estava se tratando e ia ficar bom. Quando o filho de Severina Araújo morreu assaltado num dia de pagamento, a cabeça estourada por três balas dum-dum, por arte de Zefa Lima entregou a alma a Deus com muita paz, extrema-unção, vela e tudo, num leito de hospital, cercado pelos parentes e mandando dizer à mãe que ia para o céu zelar por ela. As respostas levavam a imagem de um sítio Ventania que enchia os destinatários de uma saudade boa e os consolava da melancolia de uma vida anônima e solitária na cidade grande. Tinham um lugar imune ao infortúnio inesperado para onde voltar um dia. Zefinha nunca mais teve escrúpulos pelas mentiras que inventava. As boas notícias brotavam-lhe fáceis e convincentes, na ponta da língua. À noite, na rede, imaginava as respostas que escreveria às cartas recebidas e sentia-se contente. Bastava-lhe ver e desfrutar a paz tranquila do sítio e as expressões de contentamento que provocava quando lia cartas. Era bom fazer um mundo melhor e aos poucos passou a viver como se o que inventava fosse a verdade, como se as notícias funestas é que fossem invenções de alguma alma maldosa que se apossara do correio. Já não se sentia mentindo, apenas interpretando a verdade que se escondia por detrás de palavras desencontradas.

No dia em que Manoel Vicente voltou cedo da feira de Itapagi trazendo carta do Rio de Janeiro endereçada a ela mesma, Zefinha Lima alegrou-se. Enxugou as mãos na barra da saia, abriu depressa o envelope e leu. Com as lágrimas enevoando a vista e uma mão invisível apertando-lhe a garganta implorou mudamente ao céu que alguém lhe fizesse a caridade de mentir. Mas no sítio Ventania ninguém mais sabia ler nem mentir com arte.

Pela tristeza da mãe

Para Edilson, o filho menor de Socorro, o pior foi a tristeza de mãe.

Quando o juízo de vô Zenóbio destrambelhou, mãe se preocupou um pouco, mas o menino via nos olhos dela, vez por outra, um risco de riso, bem cedo ou tardezinha, quando vô danava a aboiar daquele jeito que só ele, que dava para se ouvir até lá na pracinha da igreja. Aboiava à toa, que só seu gado é que obedecia àquele canto e ele não tinha mais gado algum.

O povo de Farinhada falava que o velho Zenóbio endoidou quando vó Santinha morreu. "Era não", diziam outros, "foi quando perdeu a última rês, picada de cobra, ele que não sabia de mais nada, só de tanger gado". "Aboio serve pra quê, sem boi?"

Padre Franz explicou que o vaqueiro só tinha sacudido fora, no esquecimento, tudo o que doía, para esperar a morte sem medo.

"Por isso agora aboia e responde ele mesmo, mugindo."

Tia Zefinha assustou-se quando voltou do sítio Ventania para uma visita, depois de tempos sem vir, e ouviu aquilo. Mas Socorro, a irmã dela que tinha feito casa sempre no terreiro do pai, acalmou: "É nada, não, só caduquice." "Ah, bom." "Caducar não é endoidar, não, é só esquecer o que d'ora em vante não tem mais serventia pra vida." "Ah, bom." "Lembrar o resto pra quê? Se tirando o aboio e o gado, o resto da vida foi tristeza. Agora é só gozo." "Ah, bom." Zefinha voltou para Ventania, conformada: "Coisa da vida mesmo."

Vô Zenóbio aboiava e mugia, aboiava e mugia, toda madrugada, toda boca de noite. O menino gostava, mãe ria.

Socorro se preocupava era em saber se ele estava em feição de aboiar ou de mugir, na hora de botar o almoço ou a janta para ele, se botasse a cuia no cocho, lá no curral, ou o prato dentro de casa, à cabeceira da mesa, como sempre. Ela também gostava de ouvir aboio e mugido de vô. "Sinal de tudo na santa paz, tudo normal."

O velho limpo, alimentado, agasalhado. O gado imaginado todo dentro da mente, tantas cabeças para cada um, quanto quisesse. O menino pensava um touro e ele então existia. Mãe pensava duas novilhas, planos de muito leite, cria, coalhada, queijo. Qual era o gado da cabeça de vô ninguém sabia, que ele não falava mais nada. Aboiava e mugia, só. Mãe dizia: "Não muda muita coisa de antes, não. Vô nunca foi de muita fala. O negócio dele era o aboio e as vacas."

Aquele canto dava gosto ainda ouvir, "só dele, que ninguém faz igual". Imitadores houve, muitos, mas "que nada!". Mesmo para aquela boiadinha de não mais que dez cabeças, o aboio do velho subia feito rojão, lá pro alto, e depois vinha caindo devagarinho, num vai e vem de folha seca.

Folha-seca o menino sabia fazer bem, mas era com a bola, um craque. Para coisa de cantar e falar, nada.

Desde o primeiro passo para fora da cancela dando para a ponta da rua de cima, ficava vermelho, gasguito, preferia se fosse mudo de vez. Só falava mesmo com Preá, amigo do peito, "quem lá sabe que tanto segredo cochicham um com o outro?". Mas quando estava sozinho com vô no curral, por trás da casa, já onde começa o mato, tentava um aboio e essa era a conversa dele com o velho, um modulando daqui, o outro de lá. Agora, com os pés Edilson dava seu recado completo, já tinha feito uma vez uma cobrança de falta que só jogador da Seleção fazia, deu com o pé descalço de lado na bola, ela saiu rodando feito pião no ar, deu uma volta quase na linha lateral e voltou pro gol, bem lá para dentro. Ele quis ver, uma vez, um lance de Didi que passaram no tempo da Copa do Mundo, mas tão borrado na tela da televisão quase inútil, no meio da praça, que só sabe porque lhe juraram. "Didi, o que inventou a folha-seca", disseram.

Em noite de ventania, o Edilson sonha que vai ser o Didizinho na Seleção. Dia desses aparece um olheiro de time profissional e repara nele. Enricar, ajudar a mãe que já faz tanto sacrifício para manter Paulo Afonso lá em Itapagi, a estudar para ser professor, que o irmão, com aquela perna mais fina que a outra, "só ia dar mesmo pra um trabalho desses, de cabeça".

A vida ficou sendo assim, uns tempos, em meses e anos o menino não sabia dizer, porque não atentou, mas bastante, que até lhe começaram a nascer uns pelos por toda parte e a voz começou a variar de guiné a garrote. Nasceu-lhe também vergonha, de quase tudo. Sumia lá pro campinho na várzea do riacho, sozinho com a bola, para longe das moças, ficava treinando. A irmã mangando, ele sonhando ir-se embora sem dar notícia, jogar no Flamengo. Só para Preá é que ele contava esses planos, para os outros, nunca, que perigava de irem fuxicar com a irmã dele. Ela só ia saber no dia em que a televisão desse ele fazendo o gol da vitória. No mais, pai em São Paulo, mãe dando para o menino um feijão mais reforçado com charque, ele sonhando com a bola e se ocupando cada vez mais no roçado arrendado nas terras de Assis Tenório, vô aboiando e mugindo.

Até a manhãzinha em que mãe ficou esperando vô aboiar para lhe levar o café lá fora, no curral, esperou, esperou e nada. Nada de aboio nem de mugido. Mãe correu, pensando achá-lo caído no chão, doente, ou pior. Não achou ninguém. "Foi dar uma volta ou teve precisão de ir ao mato, que ele não gosta da casinha no fundo do terreiro. Já vem."

Mãe voltou para a cozinha e esperou, esperou, com a gamela vazia numa das mãos, a colher de pau na outra, espreitando aboio ou mugido para localizar vô e então encher a gamela, mandar o menino levar a ração de cuscuz com ovo, bem quentinha, o café.

O menino esperou, esperou distraído com a lembrança do que, afinal, viu no computador da estação de Itapagi, "estação digital, não é de trem não, que arrancaram trilhos e dormentes há muito tempo, embora que o prédio seja o mesmo". Só o que desembarca ali agora é ideia, viajando em onda de rádio, amontada em palavras, figuras, sons, tanta ideia que ele antes não podia imaginar. Dia desses, no curso de computador que a prefeitura está oferecendo nessa campanha eleitoral — sempre tem coisa boa, campanha eleitoral! —, deixaram ficar sozinho junto da máquina, à vontade para fazer suas buscas, que já aprendeu muito bem como se faz. Em dois tempos ele achou e apanhou na tela o que já tantas vezes figurava, sem saber bem como era, e viu, mil vezes, meio borrado, enevoado, um filme do tempo de vô, velho que só, mas dessa vez podia dizer que viu: Didi em pessoa fazendo uma folha-seca. Era mesmo ele, o menino, chutando, igualzinho, sem tirar nem pôr. Sentia, no corpo, nos ossos, nos músculos, nos tendões, que o lance que ele fazia era aquilo mesmo. Bem que ele havia de gostar de se ver, de verdade, chutando a bola num filme, num espelho que fosse, ou mesmo só fotografia parada. Mas ainda não tinha coragem de pedir a ninguém uma coisa dessas, pedir filmagem ao padre Franz, ôxe!, incomodar um homem tão ocupado?, nem muito menos ao deputado, que era outro que tinha câmera; pedir espelho só se fosse para levar nome de boiola; fotografia parada já iam inventar uma namorada para ele e ninguém fazia de graça.

Mas não, não se ouviu mais aboio nem mugido de vô naquele dia, nem no outro. Por mais que mãe, o menino e até a irmã procurassem, que depois todo o povo de Farinhada soubesse e também buscasse notícia dele, mesmo dona Amália inventando e padre Franz autorizando uma novena especial pelo achamento de vô Zenóbio, ninguém tinha nem sinal do velho. Até que o primo caminhoneiro voltou, já perto de São João, e disse que tinha ouvido falar de um velho que aboiava que só um anjo e mugia que só um boi pelo meio da feira de Caruaru, muito para lá de Campina Grande, já em Pernambuco. Existia, sim, a feira, não era só canção de Luiz Gonzaga, não.

Mãe, aquela tristeza! Então Edilson disse que ia, vendeu o par de chuteiras e a bola. A mãe, Socorro, deu o dinheiro guardado para a roupa do São João e ele foi. Foi pensando em procurar vô numa feira, fácil. Chegou lá, a feira de Caruaru era o mundo inteiro. Ele com vergonha de perguntar, andando, dum lado para o outro, a feira não acabava nunca, a zoada era grande demais, muito grito, alto-falante, cantoria, sanfona, pregão, mugido, berro. Tudo misturado, não dava para distinguir aboio nenhum. Cansaço, a chinela de dedo torou, cansaço, vontade de chorar, até que ouviu e viu o carro de som, chegou perto, tirou o dinheiro do bolso e contou, nem careceu de dizer nada, o homem lhe botou o microfone na mão e pegou o dinheiro todo.

Ele ali, "dizer o quê?, se vô não entende mais nada?". Então veio a inspiração, ele suando, vermelho, com medo da voz sair fina, respirou o mais fundo que pôde e soltou a voz num aboio igualzinho ao de vô, a voz cheia, firme, forte, que a feira toda silenciou para ouvir a folha-seca descendo devagarinho e tornando a subir.

Agora, de novo, o aboio enfeitando a madrugada e a noitinha para gado nenhum, "tudo na santa paz, tudo normal".

Morte certa

Caso esquisito aqui em Farinhada teve demais, no tempo antigo, que contam, e ainda agora vez por outra acontece. Dona Margarida é quem sabe de tudo e gosta de repetir:

"Mas o caso que eu conto mesmo, porque vi e ouvi tudinho, não foi ninguém que me contou, é o sucedido com Chico Quinta-feira. Só quem viu tudo mesmo fui eu, por causa da hora em que aconteceu e só porque naquele dia meu menino acordou cansado e chorando, eu me atrasei cuidando dele e fui tarde para fazer a faxina da igreja. Para mim isso foi coisa de Santa Luzia que quis assim para haver uma testemunha que livrasse os pobres de Farinhada de uma suspeita brava daquela. É por isso que eu já contei esse caso para mais de cem vezes e não me importo de contar de novo, tudo como aconteceu, sem pular nadinha.

"Pois então eu conto que naquele dia fiquei até mais tarde limpando a igreja. Quando acabei de dar o lustro nos castiçais do altar-mor, que era só o que faltava fazer, e me virei para sair pela porta da igreja, vi logo que eram onze horas certinho porque Chico Quinta-feira vinha vindo, naquele passinho miúdo dele, arrastando as chinelas de currulepe, bem no meio da ponte, do outro lado da praça. Isso era a coisa mais certa que tinha nessa vila, posso dizer: qualquer um aqui podia acertar o relógio nas onze horas, sem medo de erro, toda quinta-feira quando Chico pisava na ponte, chegando de Itapagi. E não foi por isso mesmo que botaram esse nome nele? É que desde que ele voltou do Rio de Janeiro, por causa de uma confusão que houve lá com ele em razão de bebedeira, trazendo aquela beleza toda de Risoleta, ficava longe de aguardente a semana todinha. Mas quando era dia de quarta, dia da feira, ele subia na carroceria do primeiro caminhão que saía de madrugada para Itapagi, lá se abancava numa barraquinha daquelas de junto do mercado e toca a beber, beber, beber até cair. Só chegava aqui de volta na quinta-feira, às onze horas em ponto, bem em tempo de almoçar com a família, já bonzinho. O povo se admirava de um homem ser tão respeitoso que até no jeito de beber não incomodava ninguém.

"E foi assim mesmo que aconteceu naquele dia, parecia... A praça vazia no sol quente, o povo já todo metido em casa para comer e descansar e Chico Quinta-feira chegando, vinha de roupa nova, calça e camisa azul bem forte que até doía o olho, tudo certo, tudo normal. Fechei a porta da igreja, desci a escadaria e fui andando depressa, que eu moro na rua de baixo. Chico vinha subindo, que ele morava logo ali na rua de cima. Vi que ia cruzar com ele bem no meio da praça e pensei: só digo bom-dia e nem paro que estão me esperando para botar o almoço.

"Quem podia imaginar? Quando ouvi a zoada do motor do lado da serra pensei que fosse avião pequeno daqueles que descem na fazenda de Assis Tenório. Vai ver tem churrasco político lá hoje, pensei. Mas o barulho veio vindo mais perto, olhei para o lado da serra e foi então que vi a moto vermelha descendo pelo pasto de Antenor, sumindo por trás da casa de farinha velha e logo aparecendo do outro lado e entrando numa carreira danada aqui na praça. Não deu tempo nem de pensar o que era aquilo e a moto veio feito doida esbarrar quase em cima de Chico, levantando a frente feito potro bravo. Eu já estava bem junto dele, tomei um susto tão grande que ia gritar quando o homem que vinha nela saltou no chão com uma arma desse tamanho na mão, pronto para atirar. O grito nem saiu mais, ficou ali pegado na goela e nem pude correr, porque as pernas viraram dois pedaços de pau morto. Fiquei ali assim, mortinha de medo, durinha feito a mulher de Ló que virou estátua de sal, agarrada com aquele monte de toalha de altar e os panos todos da igreja que estava levando para lavar, sem conseguir nem piscar mas escutando e vendo tudinho, com tanta claridade que ainda hoje posso ver como se estivesse acontecendo agora. Ouvi muito bem o pistoleiro falando 'chegou a hora, reze que vim lhe matar' e Chico Quinta-feira respondendo 'está certo, eu já estava esperando'. Chico juntou as mãos, olhou para o céu e ficou ali esperando o tiro.

"Não foi o tempo nem de uma ave-maria, eu acho, mas na minha mente se passou o tempo de uma vida inteira, a de Chico Quinta-feira, eu querendo entender que diabo de coisa era aquela acontecendo ali. Por que alguém havia de querer matar Chico? E por que Chico dizia que estava tudo certo, aquele crime? Logo aquele homem que era mais doce que mel de engenho? Porque assim é que ele era. Se não fosse pelos nove filhos que tinha, tudo macho, a gente até havia de duvidar dele ser homem, porque Chico era manso como uma moça, a criatura mais carinhosa que já se viu, que nunca, no tempo todo que viveu aqui em Farinhada, nunca fez mal nenhum, nunca disse uma má palavra, nunca arengou nem mesmo com a mulher e os meninos dele. As mulheres todas de Farinhada chega tinham um pouco de inveja de Risoleta ter um marido assim tão fácil de se viver com ele.

"A bondade de Chico era tanta que até os bichos sentiam. Qualquer galinha que adoecesse de gogó aqui era só mandar chamar Chico Quinta-feira que ele vinha, pegava a bichinha nos braços como criança, apertava no peito e ficava, um tempão, cantando umas coisas lá dele e alisando as penas da ave até ela levantar a cabeça, se sacudir, abrir as asas, saltar para o chão e sair cacarejando e ciscando, curada de todo. Do mesmo jeitinho ele tratava criança doente, que aqui quase não morria criança de braço, só mesmo se fosse numa quarta-feira que Chico estivesse para a banda de Itapagi. Assis Tenório até se aproveitava na campanha eleitoral para dizer que o governo dele tinha acabado com a mortalidade infantil em Farinhada. Fiquei assim pensando se tinha alguma coisa na vida de Chico para explicar que estivesse jurado de morte, mas não achava nada, só bondade. Só se fosse alguma coisa que aconteceu nos tempos que ele passou no Rio de Janeiro quando era rapaz novinho. Mas isso já tinha para mais de trinta anos, o matador era homem novo, não podia ser. E, deveras, Chico estava ali, era fato, rezando para morrer, sem protestar de jeito nenhum e dizendo que estava certo, que era mesmo a hora.

"O estalo dos três tiros no meio do peito, Chico avoando nos ares para vir bater morto bem nos meus pés, o sangue espirrando nas toalhas do altar, tudo isso eu vejo se passando bem devagarzinho na frente de meus olhos para ir se acabar naquele corpo morto vestido de azul vivo no meio da mancha encarnada se esparramando pela praça. Até hoje tenho desgosto quando vejo pastoril, que só me lembra o azul e o encarnado daquela morte sem jeito de Chico Quinta-feira. Mas daí eu me acordei da leseira que me deu e gritei, nunca gritei tanto assim na minha vida! Já vinha gente correndo para a praça quando o pistoleiro se atrepou na moto, deu a partida e correu de volta para a serra gritando 'podem ir dizer à polícia que Sete Vidas veio matar Raimundo Balbino'. Foi isso mesmo, assim mesmo que ele disse, isso eu juro pela vida de minha mãe: 'Sete Vidas veio matar Raimundo Balbino.'

"Oxente, então não é estranho esse caso? Pois se Raimundo Balbino, bem conhecido de qualquer um aqui na vila, nunca saiu de Farinhada para nada além de Itapagi, já tinha morrido fazia para mais de três anos de um caroço que lhe deu no espinhaço, foi se acabando bem devagarinho, para morrer na rede pendurada na sala da frente, de porta e janela aberta por mor de todo o mundo ver, de vela na mão, com padre Franz de estola roxa ungindo o homem, a prefeitura já avisada para emprestar o caixão, a cachaça já comprada e o café já feito na cozinha para a sentinela, tudo normal como tem de ser a morte de um cristão! E Risoleta, que nem gritou de desespero, nem se agarrou com a tampa do caixão de Chico para não deixar fechar, ficou só ali parada e calada a noite toda, olhando para o marido, quase que sorrindo, mas com uma lágrima solteira escorrendo bem devagarinho pela cara, cada vez que o velho doido Antero dizia: 'O matador pode errar e erra, mas a morte está sempre certa.'"

É só a vida mesmo

Voltou da capital o Maurílio, filho de Neco Moreno, e voltou parecendo murcho, com o rabo entre as pernas. Surpresa para todo mundo em Farinhada, já que menos de uma semana antes seu Feliciano Araújo chegou de Itapagi trazendo recado para Neco, que Maurílio tinha telefonado para a prefeitura e pedido para contar que tinha arrumado emprego de carteira assinada e por isso não ia poder vir para a festa de renovação da consagração da casa da avó ao Coração de Jesus. E, assim, de repente, voltou, semanas antes da festa. As perguntas choveram de todo lado, mas, de início, ele disse que era só por uns dias, para matar as saudades, antes de começar num emprego novo. O ar dele, porém, não confirmava o que dizia. As perguntas, aqui e ali, só fizeram chover mais grosso, até que ele desabafou, contou tudinho tão bem que a gente pôde ver acontecer, como se estivesse lá, acompanhando tudo.

Maurílio puxa a portinhola desengonçada do tapume da obra e sai, cabeça baixa, amassando e desamassando o boné entre as mãos, só para disfarçar o riso de imensa satisfação que escapa de seu controle e teima em lhe ocupar o meio da cara, a cara toda. Também não quer dar bandeira de que está tão contente assim, sabe como é, depois o pessoal abusa... Mas não dá para guardar tanta satisfação sem contar para ninguém. Saca do bolso o celular descascado que comprou na feira da troca e só segura carga para três chamadas e liga uma chamadinha curta para a Sheila sem lhe dar tempo de perguntar que emprego era aquele, onde. Corre até a barraca do fiteiro, do outro lado da rua, onde deixou guardada a bicicleta, com seus últimos trocados compra um cartão de telefone ainda com algum crédito, do orelhão mais próximo liga para a prefeitura de Itapagi e pede para seu Feliciano levar o recado para a família dele, insistindo, repetindo por mais alguns segundos, para o recado não chegar errado, até que o cartão acaba e o telefone emudece. Volta à bicicleta e salta sobre ela com o entusiasmo de quem montasse um potro de raça. Graças à bicicleta, pegou o emprego: foi o último, para a derradeira vaga! Se não fosse ela não chegava em tempo, veio pedalando como um raio assim que correu a notícia de que havia vagas.

"Não, bichinha, ninguém vai mais vender você, minha roxinha. Imagine, eu pensando que a vida era mesmo uma desgraça, ter que trocar você por comida que a gente engole e se acaba na hora, emprego não ia ter nunca mais... E hoje você me arranjando esse trabalho e agora nós dois vamos correndo pegar aquele atalho pelo mato para chegar logo e contar tudo completo para a Sheila... Já pensou se eu tivesse que esperar ônibus, pagar passagem, dar a volta na cidade inteira para chegar lá em casa de noite! E amanhã você me leva pro serviço, com minha carteira profissional donzela, para tirar o cabaço dela! Como é que eu pude achar que a vida era tão ruim? É boa, boa, boa demais! Iuhuuuuu! Eita cabrita boa de cabriolar!"

A bicicleta pula no ar, Maurílio solta as mãos e os pés, asas, descendo a ladeira de areia numa linha sinuosa, equilíbrio perfeito mantido só com o jogo do corpo. Exibe-se o mais que sabe, para ninguém ver, só para ele mesmo, pro céu, pro chão de areia, pro restinho de sol, pro mato da capoeira dos lados do caminho, pras três lavandiscas na poça d'água ali adiante.

"Só mesmo você para me conseguir um emprego bom daquele! Você só me dá alegria, só coisa boa na vida, foi você que me deu até a Sheila, não foi? Eu sei que foi você que viu primeiro, ela ali parada na beira do atalho, com a sandália torada, e deu uma freadinha para ela ter tempo de me pedir uma garupa. Foi, não foi? Isso é que é amor, não é, minha bichinha, nem ciúme não tem! Parece que eu estava adivinhando quando vi você lá na loja, linda, roxinha, tão diferente das outras! Ter bicicleta eu sempre quis, vivia alugando aquele ferro-velho de Olegário para dar umas voltinhas, mas quando vi você me deu uma coisa, fiquei só pensando em você, doidinho, do jeitinho que você me viu por causa da Sheila, enquanto ela começou negaceando, fingindo que não gostava de mim, cheguei a pensar em roubar você, acredita? Todo dia era aquela agonia até avistar a loja e saber que você ainda estava lá, ninguém tinha comprado. E agora você é minha! Ou eu é que sou seu?... Iuhuuuuuuu!"

Lá vai Maurílio, centauro, um corpo só, de alegria, carne, ossos e aço, empina as patas da frente, cabelos ao vento como farta crina, salta sobre as saliências do caminho, aterrissa na poça espalhando água para os lados, o sol rebrilhando nos respingos e nos aros cromados.

"Eita, cuidado!, chegue pro canto que eu não quero confusão com carro da polícia. Estão procurando o quê por aqui? Passa direto, não vamos nem olhar...

Pronto, nem diminuíram a marcha, parece que nem viram a gente. Polícia me deixa sempre nervoso, você sabe, desde aquele negócio da mala. Aquilo foi pesado demais, sabe? Já te contei, não foi?, como é que eu consegui comprar você com o dinheiro mais duro de ganhar da minha vida, o maior medo que eu já passei e até agora, pensando naquilo, eu me tremo todo. Eu que sempre passei longe do Bitola e da galera dele, eu, hein! Aquilo lá não presta, é droga, é assalto, é tudo o que há de ruim, e eu não quero nada com uma gente assim, me guardo dessas coisas que eu quero é ter o coração em paz, mas para qualquer um pode chegar uma hora como aquela, eles me cercando, a galera toda junto, e dali só se escapa para a morte. Morrer eu não queria, não, que sou novo demais e, depois, o desespero de minha mãe se eu morresse, já pensou? Daí ele falou: 'Olhaí, carinha, tu deu sorte hoje, tu ganhou trezentos, olhaí, um, dois, três, trezentinho para tu. Agora só tem que levar essa mala nesse endereço aí, ó.' Eu fiquei ali tremendo que só!, sentindo o bafo dos caras no meu pescoço, cada vez mais perto, me apertando, eu vendo o vulto das armas no bolso deles, minha mão pegando a mala sem eu nem mandar, o Bitola dando as ordens para a minha mão, pras pernas, e eu indo que nem num sonho carregando aquela mala, com a vista toda atrapalhada que nem sei como é que foi que cheguei no lugar certo da entrega, e depois eu não queria nem mais voltar pro Conjunto, não queria mais nada, só pensei em fugir, largar tudo lá, minha roupa, meu rádio, voltar para Farinhada... De repente, vi de novo você na minha frente e lembrei dos trezentos na mão do Bitola, minha vista clareou, me deu uma coragem e eu voltei pra pegar o dinheiro na mão do Bitola. Ele deu pensando em me deixar cativo. Daí você já sabe como foi, lembra que eu fui buscar você na hora? Minha vida mudou e a gente nunca mais se separou desde que eu pedi as contas pro seu Tico, de noite esvaziei o quarto do fundo do bar, amarrei meus troços na sua garupa e viemos embora para um canto bem longe do Bitola, lembra? E então você achou a Sheila para mim, agora me arranjou o emprego, eita vida! Eita bichinha boa!"

Lá vai Maurílio, um beijo no guidom da bicicleta, dispara em zigue-zague, entra a toda velocidade na curva, vê-se de frente com a baita caminhonete importada, ocupando o caminho todo, dona do mundo.

"Iuhuuuuu! Adrenalina pura! Foi por pouco, hein, roxinha, um outro ali se estrepava, mas com a gente ninguém pode! Eu e você, você e eu e a Sheila! E se a gente falasse com a Sheila para casar? Vai dar, não vai?, se eu me der bem no emprego, você me levando e trazendo todo dia, eu troco o vale-transporte na bodega, mais o salário, mais o que a Sheila arranja de manicura... Eu mando botar um banquinho bem ajeitado na sua garupa para a Sheila, você aguenta? Você concorda?"

No lusco-fusco do fim do dia nem deu para ver acontecer, só sentiu o tranco repentino, o voo inesperado, a queda de cabeça, a tonteira e a escuridão, e depois, aos poucos, a vista se acostumando à vaga luz das estrelas, a estradinha vazia, um galo na testa, ninguém, nem bicicleta, nem mochila, nem a carteira assinada, nem nada, só uma longa vara de bambu largada na areia branca.

"Como é que eu fui pensar que a vida era tão maravilhosa assim? Tu é besta, Maurílio, aqui ou lá, a vida é só a vida mesmo."

A voz do chão III

Permaneço, não me posso mover daqui, mas distraio-me com os passos e sussurros, com os saltos e berros que me cruzam todos os dias e noites. Não me posso queixar de enfado, desconheço o tédio, mas aprendo a saudade e o espanto quando se relembram as lendas dos que se foram para nunca mais, ou quem sabe um dia... A vida é o que se vê, o que se sonha, o que se narra, o que se lembra ou se esquece? A vida é para sempre?

Sorte no jogo

Apresentou-se em Farinhada como representante comercial. Tinha uma maleta com mostruários de fitas, botões, carretéis de linha, outras bugigangas do ramo, e hospedou-se na pensão de dona Inácia, anunciando permanência de vários dias. Que tanto negócio pretendia fazer num simples arruado onde só havia o bazar Duas Irmãs e quatro ou cinco costureiras? Disse que devia esperar ali em Farinhada por uma encomenda grande que tinha feito à casa matriz. Chamou logo a atenção pelo modo como falava atenciosamente com qualquer pessoa, apresentando-se, cheio de mesuras: "Arlindo Afonso da Nóbrega Antunes, representante comercial, para servi-lo." Vestia terno e gravata, coisa que até então só se havia visto aqui na vila ostentada por político em tempo de eleição ou por pastor da Assembleia de Deus. Arlindo Afonso não era nem uma coisa nem outra, mas via-se que era pessoa muito fina, o sapato lustroso, os cabelos meio longos penteados com goma, aquele bigodinho bem aparado, o anel de pedra vermelha no dedo mindinho e o relojão de ouro no pulso. Bonito rapaz e tão educado!

Instalou seu escritório, como dizia, na mesa mais perto da porta do bar Delícia e dali apreciava o movimento fazendo perguntas a respeito dos que passavam. Queria saber quem eram os mais abastados porque tinha excelentes negócios a propor a quem tivesse um pequeno capital, explicava. Não deixava de se interessar também pelas moças mais bonitas. Afinal, esclarecia, era solteiro, talhado para o casamento e a vida de família, que só não tinha ainda porque não tivera a sorte de encontrar a moça que correspondesse ao lindo sonho que acalentava.

Arlindo Afonso não tardou a descobrir a existência de Maria Laura, unanimemente apontada como a mais bela moça que jamais houve na vila, em toda a Paraíba, talvez no mundo inteiro. Não que ela fosse vista passeando pela praça. Filha única de Feliciano Araújo, era guardada como um tesouro pelo pai, funcionário graduado da prefeitura, encarregado dos negócios municipais na vila, segunda pessoa de Assis Tenório para as coisas da política local. Quem quisesse apreciar a formosura de Maria Laura tinha de ir vê-la na missa, nas novenas, ou na janela de casa entre as cinco e as seis da tarde, enfrentando também o olhar vigilante da mãe. Era coisa aceita como natural e compreensível a procissão de admiradores que desfilava todas as tardes diante daquela janela.

Dizem que uma vez, aos quinze anos, a menina havia saído de casa sem ordem para encontrar-se com um rapaz que lhe mandara recados de amor e levara uma surra de cinturão que a deixara desmaiada e com marcas indeléveis na pele. Desde aí, nunca mais desobedeceu, submetendo-se docilmente ao estrito controle imposto pelos pais.

O povo da vila achava que hoje em dia já não se usava mais prender moça em casa, mas, quem sabe, naquele caso o excesso de cuidados do pai justificava-se pelo excesso de beleza da filha. Tal beleza tornara-se lendária:

corria a voz de que já tinha causado três suicídios de jovens pobres por desespero de amor impossível, que o céu se abrira no teto da igreja de Farinhada quando ela se vestiu de anjo para coroar Nossa Senhora, para que os outros anjos pudessem vê-la, que uma velhinha beata, pensando que aquela beleza não podia ser coisa deste mundo, tinha acendido duas velas ao pé da janela onde a moça aparecia e que até em França se falava da formosura de Maria Laura.

Pois a casa de Feliciano Araújo foi a primeira a receber a visita do elegante vendedor. Apresentou-se logo após o jantar, todo aprumado, cheirando a água-de-colônia, trazendo uma caixa de carretéis de linha de presente para dona Ofélia e uma caixa de fitas coloridas para Maria Laura. A Feliciano justificou a visita pelo desejo de conhecer a pessoa de maior prestígio da vila. Permaneceu uma hora, falando das aventuras de sua vida de viajante, dos excelentes negócios que fazia, da boa posição de que desfrutava na firma, de sua melancolia de homem solitário e de seu desejo de logo estabelecer morada fixa e uma cadeia de lojas de armarinhos e confecções, com o bom capital que já havia acumulado. "Constituir família, senhor Araújo, é tudo o que um homem de bem sonha." Dirigia-se ao dono da casa, lançando olhares para Maria Laura com o rabo do olho. Elogiou o bolo de macaxeira, o melhor que já provara em sua vida, deu a dona Ofélia o gosto de repetir e tomou aos golinhos, revirando os olhos, o licor de jenipapo que era a marca da casa. Às oito horas despediu-se, "que gente trabalhadora levanta-se cedo, não é mesmo, senhor Araújo?". Beijou a mão da matrona e da donzela e foi-se de volta para o bar Delícia.

Saudou com voz forte e gestos amplos os frequentadores do bar e mandou que Ademir servisse uma rodada de vodca a todos, por sua conta, "que hoje decidiu-se o meu futuro". Vodca não havia. "Como não tem, seu Ademir? Precisa oferecer aqui bebidas mais finas, para gente de bom gosto como eu. Pois então hoje sirva cana mesmo, mas da boa, por favor, de cabeça." Animou-se a companhia dos bebedores, mais pelo rompimento da rotina do que pela gratuidade da bebida. Quando a alegria frouxa da cachaça tomou conta do ambiente, o representante das linhas e botões puxou do bolso o baralho. Os amigos não gostariam de um joguinho para passar o serão? Apostas baixas, só para dar mais emoção à coisa. Não faltaram os voluntários. Só padre Franz recusou a cachaça de favor e cochichou pra Ademir que aquele sujeito não era de confiança. Arlindo Afonso ganhou todas, sempre se desculpando, que nunca tinha tido uma sorte daquelas. Ninguém fez as contas, mas desconfia-se de que levou tudo o que havia nas algibeiras naquela noite.

No dia seguinte fez reiteradas afirmações de que, embora não fosse de maneira nenhuma um jogador, tinha de dar aos perdedores a oportunidade para a desforra. Esperava pelos competidores às oito da noite no bar Delícia. Repetiu naquele dia a visita aos Araújo. Não pudera resistir à tentação de tão boa companhia! Nessa noite já se arriscou a fazer discretas alusões à renomada beleza da moça, recebidas com sorrisos complacentes. Saiu animado e passou o resto do serão depenando pela segunda vez os lesos de Farinhada. Perdeu uma rodada ou duas, como prova de que jogava limpo, e desafiava os demais a fazer virar a sua sorte.

A visita cortês à beldade da vila e o joguinho inocente, só para distrair, estabeleceram-se como rotina. Passeava todas as manhãs pela vila, elogiava as humildes roseiras plantadas às portas das casas, envaidecendo as mulheres, e acabava por ganhar rosas, compunha um buquê e mandava Preá entregá-las a dona Ofélia, no meio da tarde, anunciando sua visita para logo mais. A semana passou e ele foi ficando. Nunca mais que chegava essa encomenda e Farinhada era um lugar tão agradável, tão bom clima e, principalmente, gente da melhor que há! Fora padre Franz, que repetia todos os dias sua advertência aos fiéis, "cuidado com desconhecidos que aparecem prometendo coisas e querendo enganar o povo", ninguém lhe deu ouvidos. Nem mesmo dona Inácia, em geral tão esperta e desconfiada, mas conquistada pelos diários elogios à "excelência do passadio nesta bela pensão" que ele, ao fim, pagou com rendas e fitas "de muito maior valor do que o pouco que me cobra a bondosa senhora".

Feliciano Araújo andava contente aqueles dias, notava-se. Tinha vislumbrado, enfim, a solução para seu difícil problema de guardar em casa, intacta, a extraordinária beleza da filha, para não entregá-la a um matuto qualquer de Farinhada ou mesmo de Itapagi. Afinal, um possível marido à altura da preciosidade da donzela. Já confidenciara suas esperanças à mulher, mais encantada ainda do que ele com as excelências de Arlindo Afonso. Às insinuações que faziam sobre este assunto, Maria Laura apenas sorria e corava, o que lhes dava a certeza de que ela também sonhava com unir seu destino ao do representante comercial.

Ao fim de um mês, ignorado o alvitre do padre Franz, descartado por seu Feliciano com um "vai-se lá dar ouvidos a um padre comunista desses", anunciou-se o noivado de Maria Laura Constantino de Araújo com o senhor Arlindo Afonso da Nóbrega Antunes. Na mesma época constatou-se que as finanças de boa parte do povo de Farinhada encontravam-se inteiramente esgotadas. O noivo desapareceu da vila por três semanas, alegando que precisava montar casa para receber condignamente a noiva. Voltou sete dias antes do casamento com um novo sortimento de ternos e gravatas.

Padre Franz, a contragosto apesar da gorda espórtula, não pôde recusar-se a celebrar as bodas. O representante do cartório fez sua parte, contentíssimo com a taxa superfaturada. As festas foram de arromba, como correspondia a um homem abastado qual Feliciano. Entre convidados e curiosos, toda Farinhada assistiu às pompas matrimoniais e fartou-se com as comilanças. Os noivos partiram, enfim, para Itapagi, no opala preto cedido por Assis Tenório, sob a aclamação de todos os farinhenses que lotavam a praça.

A casa para onde Arlindo Afonso levou a noiva não era mais que uma sala, quarto e cozinha, de telha vã, numa das saídas de Itapagi, espremida entre armazéns de estivas, em frente a um posto de gasolina e ao hotel dos caminhoneiros. Tinha uma varandinha para a rua e uns poucos móveis de pau-d'arco sem verniz, daqueles que se vendem na feira. "Provisória, minha filha, por alguns dias até que fique pronta a casa que estou construindo, a melhor da cidade." Se Maria Laura se desgostou, nada deixou transparecer. Aceitou as explicações do marido, os surpreendentes atos que ele realizou naquela noite e a casinha acanhada com a mesma placidez conformada com que aceitara sempre sua condição de encarcerada na casa dos pais. Nem se sabe se estranhou a mudança dos modos de Arlindo Afonso, antes tão delicado.

No dia seguinte ao casamento, o marido acordou ao meio-dia, mandou buscar o almoço na churrascaria do posto, comeu, arrotou, instalou uma mesa e tamboretes na varanda, enfarpelou-se com terno e gravata e ordenou à mulher que se pusesse à janela. Ela fez a única coisa que sabia fazer: obedeceu. Quase que imediatamente um caminhoneiro que abastecia seu veículo no posto em frente abandonou o caminhão e veio vindo, com os olhos pregados na janela, por pouco não se deixando atropelar no meio da rua. Em poucos minutos, como se fossem atraídos por um ímã, apinhavam-se dezenas de caminhoneiros diante da janela, de boca aberta, assombrados. Arlindo Afonso sorriu satisfeito e puxou o baralho do bolso. Não lhe faltaram parceiros para o jogo até a madrugada. Fascinados pela mulher na janela, mal olhavam para as cartas e deixavam-se vencer como crianças inocentes, abandonando sobre a mesa dinheiro, cheques, relógios e até um dente de ouro.

Com parte da féria da véspera, Arlindo Afonso mandou a mulher fazer a feira para a semana. Maria Laura foi-se para o mercado próximo, atordoada pela estranheza de andar assim sozinha pela rua, sem perceber que, à sua passagem, quem andava pela calçada tropeçou sem ver onde pisava, quem bebia cachaça engasgou-se até as lágrimas e os meninos de colo pararam de chorar. Fez o almoço como pôde, serviu o marido, comeu como um passarinho, lavou os trastes da cozinha e postou-se obediente à janela. Os caminhoneiros voltaram todos, assim como vieram os mecânicos das oficinas da vizinhança, os carregadores do mercado, os varredores da rua, os soldados da polícia militar e quantos mais tinham ouvido falar da mulher da janela. Amontoavam-se ali, fascinados, presas fáceis para a banca de jogo de Arlindo Afonso.

O hotelzinho junto do posto de gasolina não pôde mais conter tanta gente, os que de muito longe chegavam e os que não se iam mais embora, cargas de frutas e verduras apodreciam nos caminhões parados e a prefeitura teve de construir um desvio para escoar o trânsito interrompido diante da casa onde se expunha a incrível beleza de Maria Laura. Nas redes dependuradas à noite sob a lona das barraquinhas que de dia vendiam tapiocas e sarapatel, amontoavam-se os homens dali mesmo e os que iam daqui de Farinhada para a feira semanal e acabavam ficando dias e dias por lá, dispostos a madrugar e esperar sob a torreira do sol para ver o prodígio.

Correu pelo país inteiro a lenda da mulher mais bonita do mundo, que se avistava todos os dias numa janela do Nordeste, espalhada pelos motoristas obrigados, enfim, a deixar a cidade para levar suas cargas ao destino. Disputavam-se os carregamentos endereçados à Paraíba, os rádios despejavam centenas de canções falando dela, vendiam-se a preço alto os mapas que indicavam como chegar a Itapagi e multiplicavam-se os acidentes fatais nas estradas pela ansiosa velocidade com que corriam os caminhões em sua direção.

Arlindo Afonso prosperava: comprou um guarda-roupa enorme que atravancava o minúsculo quarto, para conter sua coleção de ternos e gravatas. Só tomava vodca polonesa, que encomendava de São Paulo pelos caminhoneiros. Nunca mais falou da bela casa que estava construindo. De madrugada, fechada a banca de jogo, exercia sem arrodeios seus direitos de marido e caía no sono dos justos até o meio-dia. Duas vezes por semana, descartava a mulher, vestia-se com esmero e ia gastar a madrugada e o dinheiro fácil no cabaré de madame Arara. De vez em quando jogava limpo e perdia, para não espantar a caça. Nesses dias, tratava a mulher com redobrada brutalidade. Por mistério inexplicável, porém, crescia a cada dia a beleza de Maria Laura, cuja única mácula eram os calos nos cotovelos de estar ali dias sem fim apoiada ao peitoril rugoso da janela. Desbotaram-se os vestidos do enxoval, rasgaram-se as rendas e os babados, esfarraparam-se as fitas do cabelo, calçados já não tinha nenhum, mas nada disso empanava-lhe a formosura nem fazia esmorecer seu poder de sedução. Os traços de resignado desespero a luzir no fundo de seus olhos só faziam aumentar-lhe o fascínio.

Por certo que tudo se sabia e se comentava em Farinhada. Dona Ofélia cegou de tanto chorar e passava os dias definhando na escuridão a murmurar: "Ai, a minha princesa... a minha princesa..." Feliciano Araújo apenas repetia, obstinado, "casada está, casada fica", e até para padre Franz era difícil discordar.

Aquele homem enorme, que jamais se vira por estas redondezas, sabia bem para que viera. Estacionou o caminhão vazio no pátio do posto e atravessou a rua com passo lento e seguro em direção a Maria Laura. Não foi preciso que dissesse nada para que a multidão dos basbaques ali postados lhe fosse abrindo o caminho, até que parou na primeira fila, a menos de dois metros da janela. Plantou firmemente no chão aquelas pernas que pareciam troncos, cruzou os braços que pareciam pernas sobre o peito de touro e fixou na mulher olhos grandes e doces como os de uma vaca. Não se moveu mais até a madrugada. Foi assim por mais três dias, desde que se abria a janela, ao sol das duas da tarde, até que se fechasse, aos primeiros sinais do amanhecer: ele olhava a mulher e ela o olhava. Ninguém sabe o conteúdo da muda conversa que se teceu entre os dois, mas os mais próximos e atentos acreditaram perceber uma sutil mudança em Maria Laura, como se sua beleza chegasse enfim à perfeição final. Conforme o que deu para concluir dos relatos entrelaçados, alguns já nem puderam mais mirá-la, ofuscados.

No quinto dia, com a mesma imobilidade e o mesmo olhar inocente, o homem plantou-se diante da mesa de jogo onde o marido da bela abatia um a um seus adversários. Arlindo Afonso não pôde deixar de notar o gigante à sua frente, a expressão desprotegida tão estranha naquela cara enorme, e o caminhão vermelho, brilhando, novinho em folha. Teve a certeza de que, se conseguisse fazê-lo pegar no baralho, ganharia facilmente até o caminhão. Tratou de perder uma rodada ou outra, certo de compensar amplamente o prejuízo depenando aquele brutamontes abestado. Por várias vezes convidou o caminhoneiro novato que cada vez recusava com um sorriso bobo e um leve gesto da cabeça. Já ia alta a madrugada e alto ia Arlindo Afonso, que abusara da vodca pela expectativa da grande jogada à vista. Insistiu mais uma vez com o desconhecido. Pela primeira vez ouviu-se a voz do homem: "Amanhã jogo, mas com duas condições: você e eu só de cuecas e o jogo só se acaba quando um dos dois perder até a cueca." Embalado pelo álcool e pela excitação da vitória certa, Arlindo Afonso concordou de imediato. Aquele leso ele arrasava até jogando limpo.

No dia seguinte, concentraram-se logo cedo à frente da casa, para garantir boa visão da mesa de carteado, centenas de curiosos, inclusive os daqui de Farinhada, que sob a chefia de Neco Moreno recolheram contribuições de grande parte do povo e pagaram um extra para o caminhão dos dias da feira ir levá-los, prometendo observar bem todos os detalhes e contar, na volta, tim-tim por tim-tim, a todo o mundo.

O caminhoneiro gigante chegou com seu ar tranquilo, parou por uns minutos diante da janela, olhou calado a mulher, entrou na varanda, despiu rapidamente as calças e a camiseta e ficou esperando que Arlindo Afonso se desvencilhasse de paletó, gravata, colete florido, camisa engomada, cinto de fivela dourada, calças de linho vincado, sapatos, meias, relógio e óculos escuros. Deram-se as cartas e bastaram algumas rodadas para que todos vissem, assombrados, quem seria o ganhador. Arlindo Afonso já despejara sobre a mesa dinheiro, cheques com fundo e sem fundo até que se acabou o talão, três relógios de ouro, o anel de pedra vermelha, dezenas de gravatas de seda e ternos de linho com todos os adereços, sua velha maleta de carretéis de linha, botões e fitas, a escritura da casa e sua fama de jogador imbatível. O caminhoneiro tudo recolhia, em silêncio, e pedia mais cartas. Arlindo Afonso, pálido, suava frio, mas não podia voltar atrás diante da multidão que testemunhara o trato e o desenrolar do jogo em que, quase nu, era impossível trapacear. Já pelas quatro da tarde, com a goma dos cabelos escorrendo-lhe pelos olhos, as mãos molhadas de suor e as pernas bambas, o maior jogador da Paraíba deu-se por vencido: "Só restou a cueca." O outro sorriu e disse: "Não, ainda tem a mulher. Aposto o caminhão." Arlindo Afonso, encurralado, deu as cartas. Perdeu. O caminhoneiro levantou-se devagar, vestiu-se, foi até a janela diante dos olhares embasbacados do povo que lhe abria alas e disse: "Vamos." Maria Laura seguiu-o, descalça e esfarrapada, embarcou no caminhão e deixou Itapagi para sempre.

Ouço dizer que todos os caminhoneiros do país conhecem de longe o caminhão vermelho que percorre as estradas levando na boleia a mulher mais bela do mundo.

Aurora dos Prazeres

A greve, afinal, foi um sucesso. Quem presenciou fala disso até hoje. A chaminé da usina parou de fumaçar e ficou lá, com a boca desdentada virada para o céu. Por mais de uma semana só o vento entrou nos canaviais e os partidos de cana já queimados para o corte perderam-se todos. Contra todas as teorias, os manuais do sindicalismo e a tradição, a greve aconteceu no município de Cataventos. O sucesso deveu-se, em grande parte, à intervenção inesperada de Aurora dos Prazeres.

Aurora porque seu pai quis homenagear a tia moça-velha que o criou, dos Prazeres por ironia do destino que dá nomes assim às famílias a que menos favorece. Única menina-fêmea, nascida no meio de um bando de meninos-machos, a vida de Aurora estava prevista: servir ao pai e aos onze irmãos até que outro macho a roubasse de casa para servir a ele e gerar outro bando de meninos-machos. Aos dez anos, quando a mãe morreu do décimo oitavo parto, Aurora não foi mais às aulas na escola de Zefinha: já estava desasnada, sabia ler as novenas, o catecismo, folheto de feira, escrever bilhete e não tinha mais tempo. Assumiu a responsabilidade da casa e do terreiro sem tropeços, já que desde os seis anos ajudava a mãe nas tarefas de mulher. Obedecer ao pai e aos cinco irmãos mais velhos, levantar-se na escuridão para preparar o café, levar-lhes o almoço no roçado, lavar a roupa, botar água, sabão e toalhas para quando voltavam do campo suados, empoeirados e taciturnos, servir o café da noitinha, a macaxeira, o inhame. Pastorear os seis irmãos menores, alimentá-los, banhá-los, vesti-los, curar-lhes as feridas e consolá-los dos desgostos, ensinar-lhes as orações, ajudar a desasná-los com uma cartilha de abecê. Todos os dias. No domingo não precisava levar almoço ao roçado e ia ao catecismo na capelinha do sítio Ventania e à reza numa casa vizinha. Ao anoitecer, caía na rede e dormia com a imediatez e a profundidade de quem não tem dúvidas sobre o que a vida deve ser. Até os catorze anos só saía do sítio Ventania para a festa da padroeira de Farinhada ou para levar um irmão ao posto de saúde da vila, nos raros períodos em que o serviço funcionava.

Quando ficou mocinha, coisa que o pai percebeu ao ver uns trapinhos denunciadores a secar no varal, Raimundo dos Prazeres deu-lhe um vestido novo e começou a levá-la consigo para a feira de Itapagi. Com certeza sentiu-se na obrigação de apresentá-la ao mercado casamenteiro. Aurora passou a viver esperando a quarta-feira. Na véspera mal dormia, na expectativa, mas levantava-se sem custo às duas da madrugada para enfrentar a longa caminhada até Itapagi, acompanhando o passo lento do jumento arriado sob o peso dos caçuás carregados. Vendida a carga, comprada a feirinha da semana, o pai lhe dava um guaraná e um pedaço de bolo, acomodava-se no bar do mercado para tomar cachaça com Chico Quinta-feira e outros conhecidos, e Aurora tinha duas ou três horas livres para se meter no lugar mais bonito do mundo: a capela do colégio das irmãs. O tempo passava correndo enquanto contemplava, encantada, os anjos e santos, as pinturas da vida da Virgem Maria nas paredes, os vitrais, o assoalho brilhante, as irmãs tão bonitas em seus longos trajes imaculados, tudo tão limpinho e claro. Sentia o cheiro da cera, das velas, das flores e se enlevava quando começava aquela música do céu. Ouvia inúmeras aulas de catecismo, reuniões do Apostolado da Oração, preleções que as irmãs faziam a vários grupos que juntavam aproveitando o movimento da feira. Aurora dos Prazeres entendia tudo e gostava. Um dia ouviu a irmã Odete explicando a um grupo de moças mais velhas a beleza da vida religiosa e que qualquer uma delas podia estar sendo chamada. Aurora entendeu tudo e tomou sua decisão.

Aos dezoito anos, quando o irmão mais velho casou-se e trouxe a mulher para dentro de casa, Aurora esperou que o irmão menor se curasse de uma catapora, enrolou numa toalha as poucas roupas que tinha, o velho livro de rezas da mãe, deixou recado com a cunhada: "Diga a pai que fui viver com as freiras na casa de Deus."

As irmãs a aceitaram, por um tempo de experiência. Na quarta-feira, Raimundo dos Prazeres apareceu no colégio e deu-lhe sua bênção. Adaptou-se logo, contente, parecia que tinha vivido sempre ali. Gostaram dela, mandaram fazer o noviciado no Recife. Quando tomou o hábito, acharam que Aurora dos Prazeres era um nome estranho para uma freira e chamaram-na Irmã Helga, em homenagem a uma antiga superiora geral alemã que acabava de morrer. Viveu anos felizes, entre a cozinha do convento, onde atendia aos pobres que vinham pedir comida, a capela, o jardim, a sala da comunidade e sua cela.

Quando os ventos da mudança sopraram nos corredores do convento que era preciso deixar as belas casas, a vida tranquila e protegida do claustro para ir viver no meio dos pobres, dedicar-se inteiramente aos mais necessitados, levar-lhes o Evangelho e a notícia de que são os preferidos de Deus, que essa era a verdadeira missão da vida religiosa, Aurora ficou inquieta. Pôs-se a pensar com frequência no pai, nos irmãos, no povo do sítio, nos boias-frias que via passar nos caminhões no rumo da usina. Quando o bispo reuniu as freiras para pedir voluntárias que fossem viver com os pobres e do jeito dos pobres em Cataventos, lugar abandonado precisando de missionárias, Aurora dos Prazeres entendeu tudo e foi a primeira a oferecer-se.

A vida de Aurora mudou outra vez da água para o vinho: a casinha de taipa numa ponta de rua, difícil de manter limpa, o belo hábito branco trocado por uma roupinha qualquer, para ficar igual a todo o mundo de pobres, a zoada dos rádios, a meninada da vizinhança metendo-se pela porta adentro e a impossibilidade de o povo dizer seu nome alemão. Irmã Helga virava invariavelmente irmã Égua. As irmãs concordaram em que não podia ser: voltou a chamar-se Aurora dos Prazeres. Seus conhecimentos de menina do sítio passaram a ter uso na tarefa de viver como os pobres e era com ela que as companheiras de outra origem aprendiam. Tinha entendido tudo o que o bispo dissera e procurou os mais pobres e desprezados para visitar e evangelizar. Descobriu o Rabo da Gata, a rua das mulheres da vida, e passava com elas as horas em que não tinham freguesia. Ouvia suas misérias, falava-lhes de Jesus e de como as putas entravam primeiro no Reino dos Céus. Foi isso que fez de Aurora protagonista central na primeira greve dos canavieiros. Zuza Minervino e Manoel Justino foram ajudar na greve de lá e vez por outra repetem essa história.

Cataventos agitou-se com a chegada do carro vermelho, com um alto-falante em cima e meia dúzia de pessoas desconhecidas. Desceram na frente do sindicato dos trabalhadores rurais. A porta estava amarrada com um pedaço de arame no lugar do cadeado e não havia ninguém. Saíram a perguntar por João de Dora, o presidente. "Deve estar no bar de Deca, é lá que ele fica sempre." Encontraram-no encostado ao balcão do bar, o chapéu enfiado até o nariz, a barriga estufada entreabrindo a camisa. "O senhor é o presidente do sindicato? Nós somos os assessores credenciados pela Federação, viemos para acompanhar a greve. O senhor não convocou a assembleia? Não recebeu as comunicações da Federação?" João de Dora tomou mais um gole, cuspiu na calçada e respondeu com voz arrastada: "Chegaram uns papéis aí... Mas aqui em Cataventos ninguém vai fazer greve não, dona, os trabalhadores daqui são tudo frouxo e senhor de engenho aqui mata no pau."

Nada se podia esperar de João de Dora. Tinha sido botado ali no sindicato pelo prefeito, para tomar conta daquilo, fazer as guias do Funrural e da aposentadoria dos velhos e, de três em três anos, a papelada da eleição na qual ele, a filha e os cunhados eram os únicos candidatos. Um emprego fraco mas sossegado e seguro. Agora vinham esses doutores de João Pessoa, de Brasília, com essa história de greve. "E eu sou doido para me meter num negócio desses?" Os enviados da Federação, aperreados, viram-se na necessidade de começar do zero e conseguir a façanha de parar os engenhos de Cataventos em três dias. Meteram-se pelos canaviais durante o dia, pelas pontas de rua ao anoitecer, tentando convencer os trabalhadores a largar do eito quando chegasse a hora. Nenhuma reação, só o silêncio desconfiado. No dia marcado para o início do paradeiro, nada puderam fazer: na madrugada ainda escura os caminhões da usina saíram cheios, a greve estava furada. A advogada do cabelo curto desesperou-se. Esqueceu seu feminismo, suas convicções pedagógicas, o medo dos capangas, agarrou um megafone e saiu pelos engenhos gritando: "Será que aqui na Paraíba não tem homem, não? Estão todos se cagando de medo? E não têm medo de morrer de fome com esse salário de miséria, não? Em Pernambuco, todo ano tem greve. Em Pernambuco é que tem macho!" Um desafio daqueles calou fundo. Nos engenhos por onde passou os trabalhadores largaram das foices e voltaram para casa.

No segundo dia os caminhões que estacionavam na praça do mercado saíram vazios. A usina estava mandando buscar gente no sertão, onde ninguém tinha ouvido falar de greve. Tinham que parar a usina Santa Bárbara, fazer piquetes na estrada que atravessava Cataventos, não deixar passar os fura-greves. Mas os grevistas trancaram-se em casa. Parar, pararam, mas enfrentar os capangas da usina era demais. De longe se via a chaminé, fumaçando. O carro de som percorreu Cataventos o dia inteiro, convocando os canavieiros e todo o povo para o piquete da madrugada seguinte. Os tais de assessores, já roucos e exaustos, argumentavam, explicavam, falavam da injustiça, da exploração, da miséria, dos direitos e da força da união, de Deus que estava do lado deles, da beleza da coragem, dos dias melhores que poderiam vir, de como toda a população de Cataventos se beneficiaria de uma melhora no ganho dos cortadores de cana. Aurora dos Prazeres ouviu e entendeu tudo.

Às três da madrugada do terceiro dia, no lugar estratégico onde se devia fazer o piquete, o pessoal da Federação esperava ansioso que o povo viesse ajudar. Ninguém apareceu. Apesar de tanto esforço, o movimento fracassara. Em pouco tempo estariam passando os caminhões carregando os fura-greves para continuar alimentando, dia e noite, a goela da moenda. A advogada, em lágrimas, já pensava em desistir e largar tudo quando viu as luzes dançando ladeira abaixo pelo Rabo da Gata e ouviu a cantoria. Por onde passava, o cortejo das perdidas, cantando velhos benditos, com irmã Aurora dos Prazeres à frente, ia acordando o povo e arrastando os curiosos. Quando chegou ao lugar do piquete, já trazia centenas atrás de si. Correu rápida a notícia de que as putas tinham saído da zona e estavam cantando benditos lá na beira da estrada. Às quatro da manhã, a estrada estava tomada pela multidão. Muitos nem sabiam o que tinham ido ver ali, mas não se iriam embora sem ver alguma coisa. Quando o primeiro caminhão de sertanejos apontou na curva, Aurora dos Prazeres gritou: "Não deixa passar!" Primeiro as raparigas e depois toda a multidão ecoou, entusiasmada: "Não passa! Não passa!" E não passou aquele nem os que vieram depois. A festa na estrada continuou o dia inteiro. Os assessores da Federação, eufóricos, suados, ainda ensaiaram alguns discursos politizantes, mas acabaram por entregar o microfone do carro de som à sanfona de Faustino. Vieram os fiteiros com seus carrinhos de vender confeitos; armaram-se as barraquinhas de café, cachaça e refrigerante; venderam-se roletes de cana, laranja descascada, picolés e pastéis e tudo o mais. Às cinco horas da tarde, a fumaça da chaminé da usina foi diminuindo, diminuindo e sumiu. Cataventos descobriu o gosto da vitória e explodiu em alegria.

Já era para mais de meia-noite quando Zuza Minervino e Manuel Justino chegaram de volta à vila, eufóricos, contando o acontecido, e Farinhada ficou sabendo que Aurora dos Prazeres tinha ido parar na zona do Rabo da Gata, em Cataventos, coisa impossível de se acreditar. Parte do povo concordou com as irmãs, que acharam as ações de Aurora um exagero de preferência pelos pobres e a transferiram para o Recife ou para o Rio de Janeiro, não se sabe ao certo.

Sonhar é preciso

Durante toda a infância, Ramiro nunca se importou com o significado do verbo sonhar e muito menos com a palavra sonho, que vez por outra ouvia mencionar. Aquilo não era com ele, nem lhe interessava: não havia em seu mundo nada que pudesse responder por aquele nome.

Hora de dormir, Ramiro dormia, quer dizer, sumia, dava o fora por completo, desaparecia da vila, deste mundo, como se morresse, e do que se passava enquanto isso ele só dava notícia por ouvir dizer: que tinha havido um rebuliço enorme no velório de Raimundo Balbino, briga e pancadaria por causa da herança de meia cinquenta de terra e uma sanfona desafinada; que Tererê, do correio, foi visto saltando o muro da casa do caminhoneiro Deda, que viajava por Goiás; que roubaram a melhor galinha de dona Risoleta; que Bebotodas deu um pileque no soldado e fugiu do xadrez, mais outras coisas noturnas que tais.

Nos quase dois meses de férias que passou em São Paulo, quando foi acompanhar o avô numa visita aos filhos exilados por lá — única mudança digna de atenção nos treze únicos anos da vida de Ramiro —, a diferença que notou foi nas notícias que ouvia pela manhã: um carro veio feito doido furando os sinais vermelhos pela avenida e pegou outro bem ali na esquina, morreram os dois na hora... Teve assalto à mão armada na rua de trás... Gente a mando de uns presidiários passou atirando na frente do fórum, deram para mais de quinhentos tiros de metralhadora, o fórum ficou que é uma peneira... Deu no rádio que um piloto de avião chegou em casa sem avisar e encontrou a mulher dormindo com o comissário de bordo, matou os dois na hora e ainda tocou fogo na casa. "Mesma coisa que aqui em Farinhada", ele disse, a diferença era só no tamanho, no exagero dos acontecimentos, na importância dos envolvidos. Ramiro, como sempre, não via nada a noite toda, apagava, mergulhava na escuridão do sono onde nada acontecia e só voltava ao mundo, tranquilo e descansado, na manhã seguinte.

Desde que reparou, porém, um dia, assim por mero acaso, nos peitinhos de Gorete, passando soltos no vestidinho cor-de-rosa meio transparente, bem na frente dele, Ramiro começou a mudar. Deu de parar de vez em quando, no meio de uma brincadeira, de um serviço qualquer, até mesmo sustentando a colher cheia de comida entre o prato e a boca, e ficar assim com o olhar perdido, pensando nos peitinhos de Gorete. E daí começamos a ouvir com frequência, na casa dele, na marcenaria do pai, na pracinha em frente à igreja, na laje junto ao riacho onde os moleques costumam pescar, no campinho onde chutam bola enquanto a Câmara Municipal, lá em Itapagi, não resolve se acaba com ele para fazer o cemitério novo: "O que é isso, Miro, tá sonhando?"

Mas Ramiro sabia muito bem que estava apenas lembrando e também imaginando antecipadamente o bem-bom que ainda vinha, com certeza, era só ele dar uma passada no instante certo pelas redondezas da igreja na hora da saída da escola ou da passeação depois do terço. Isso era coisa que ele já conhecia, tinha outros nomes, não era sonho, de jeito nenhum, pois estava mais do que acordado quando acontecia. Mas a questão começou a ocupar um lugar em sua cabeça: "Sonho é o quê, afinal?", ouvi que perguntava a Preá, seu melhor amigo.

Por certo, de tanto matutar no assunto, uma noite, de repente, sonhou. Sonhou, estava fora de dúvida, aquilo era mesmo sonho porque apareceu e desapareceu no meio da escuridão do sono, no dia seguinte foi verificar e não tinha acontecido nada do que ele achou que via. Tinha visto direitinho a irmã, Saionara, aquela chata, gritando desesperada que tinham estrangulado o cachorrinho que ela adorava e, de fato, Ramiro viu muito bem o cadáver do cachorro, mortinho, com o pescoço virado para um lado de maneira muito estranha. De manhã, ao acordar, a primeira coisa que ouviu foi o cachorro da irmã latindo e pulando no quintal. Na verdade ficou um pouco decepcionado, porque o sonho tinha um gostinho bom de vingança, que ele sempre quis um cachorro, a mãe nunca deixou porque cachorro sujava a casa, tinha de dar comida, fazia buraco na horta, mas quando foi o padrinho rico da irmã que veio de João Pessoa com um cachorrinho de raça para ela, então podia. Dava raiva pensar que a chata da irmã além de padrinho rico ainda tinha um cachorro só dela enquanto ele, Ramiro, nunca teve mais do que um padrinho pobre que morreu cedo e uma lagartixa de estimação que ele criou dentro de uma caixa durante uns tempos, porque cabrito, porquinho, galinha, isso é bicho que não conta porque todo mundo tem e acaba na panela.

Duas noites depois, aconteceu-lhe de sonhar outra vez: via a mãe se arrumando apressada, pondo roupa e sapato de ir à rua e saindo pela porta afora, arrastando

Saionara pela mão. Depois voltavam as duas tristes, a mãe dizendo, não tem jeito, o médico diz que vai ficar vesga mesmo. Ramiro achou a coisa bem interessante e pensou que estava entendendo direitinho o que era sonho. De fato, a irmã tinha a mania de envesgar os olhos de propósito, e todo o mundo dizia: cuidado, hein, se bater um vento bem nessa hora você fica vesga para sempre. Bem que Miro tinha experimentado várias vezes assoprar bem forte quando a irmã envesgava, mas com certeza não era forte o bastante para fazer efeito. Todas essas coisas não confessou a padre Franz porque ainda não sabia ao certo se tais estranhezas eram pecado ou não; ele achava que só tinha contado mesmo a Preá, que é mudo como um caramujo e ninguém nunca viu fazer fuxico da vida dos outros. Mas os ouvidos da vila estão por toda parte e a gente, mais ou menos, acabava sabendo das coisas.

Preá não se espantou com a história desses sonhos, Ramiro sossegou com o desabafo e, para completar, dia sim, dia não, sonhava que, sabe-se lá onde nem como, tinha um peitinho de Gorete na palma de cada mão e sentia direitinho eles crescendo.

Ramiro até achou que tinha entendido tudo sobre sonho: era um lugar e uma hora em que acontecia, sem nenhuma consequência grave no mundo do lado acordado, tudo o que a gente desejava que acontecesse mas não tinha coragem nem força para fazer acontecer. Deu-se por satisfeito, deixou de pensar no assunto, esperando sonhar mais alguma coisa, dia desses, e sonhar com os peitinhos de Gorete todo dia. Até que ouviu Saionara dizer que, imagine!, Gorete já está usando sutiã. Afinal, parecia que pelo menos parte do sonho era coisa que acontecia mesmo. Ficou esperando que a outra parte do sonho com Gorete também virasse verdade... E não é que, na mesma semana, aconteceu, de raspão, meio sem querer, no bequinho escuro atrás da igreja? Daí para diante Ramiro ia dormir cheio de esperança de sonhar.

A coisa mudou de figura quando o cachorro de Saionara amanheceu estrangulado e ela própria envesgada tão definitivamente que o médico disse que nem prestava para operar. Aí Ramiro assustou-se: o sonho dele tinha acontecido na realidade, igualzinho, sem tirar nem pôr um pingo num i. Então sonho era isso, uma espécie de planejamento que fazia as coisas acontecerem? Preá também não sabia responder.

Ramiro ficou uns dias dividido entre um certo remorso e pena da irmã, por um lado, e por outro uma estranha satisfação de se sentir assim poderoso.

Ambos os sentimentos foram varridos por um medo danado na noite em que sonhou, de repente, com uma ventania doida, nascida ninguém sabe onde, metendo-se pelo vão entre os montes da serra do Pilão, e vindo a encrespar as águas do riacho até desembocar na vila, soprando fortíssimo durante mais de meia hora, arrebentando tudo, arrancando as árvores e os telhados das casas, carregando gentes e bichos pelos ares para ir jogar lá no meio do riacho, entortando a cruz de ferro da torre da igreja, enfim, uma desgraceira só. De manhã bem cedo acordou com uma zoada de vento no telhado, cada vez mais forte. Tudo quase igual ao sonho.

Pobre Ramiro, apavorou-se. Vento era coisa normal em Farinhada, oras, encanava fácil pelos vales da Serra, mas uma ventania daquelas era coisa nunca vista, furacão!, disseram. E se descobrissem que era ele com seus sonhos que provocava as desgraças? Saionara ainda vá lá, com ela ele podia, mas com a população de Farinhada todinha? O perigo era grande. Ramiro só falou com Preá, que estava tão espantado quanto ele e não foi capaz de lhe dar nenhum conselho de valia. Só disse que, se o caso fosse outro, o mundo era muito grande e Ramiro podia escapar daqui para bem longe, mas esse negócio de sonhar desastre era de dentro dele mesmo e decerto havia de ir junto com ele para qualquer lugar.

Valente não era, de jeito nenhum. O melhor era nunca mais sonhar, nem que isso custasse a tristeza de nunca mais sentir os peitinhos de Gorete crescendo nas palmas das mãos dele. Pensou que quem sabe aquilo de sonhar só acontecesse de noite. Arrumou serviço com Antenor Marchante para passar a noite inteira tomando conta do motor velho do frigorífico para não deixar a temperatura subir e estragar a carne toda. Foi fácil, conseguiu o emprego no próprio velório do velho que ocupava a vaga até aquele dia. Acharam vantagem grande num menino de treze anos para substituir, a menor preço, um velho de quase noventa. Mas quê? Ramiro dormia de dia e sonhava do mesmo jeitinho. A única garantia de não mais sonhar: nunca mais dormir.

Largou o emprego noturno, que o cheiro da carne era de lascar, a paga quase nada, e achou que resolvia o problema armando a rede no quintal, onde os mosquitos, os voos rasantes dos morcegos, uma que outra chuva e o frio do ventinho do vale não o deixavam pegar num sono profundo. Mas passava o dia cabeceando de sono e só aguentava acordado porque o sacoleiro da vila lhe trouxe do Paraguai um despertador chinês que permitia a regulagem automática para tocar a cada dez minutos, que não dava tempo para sonhar quase nada.

Tanto insistiram em saber a causa daquilo tudo, que ele um dia acabou cedendo e tentando explicar. Nem esperaram o pobre Miro acabar de falar, nem padre Franz voltar da viagem de férias à terra dele, para tomar conselho: levaram-no amarrado para o famoso manicômio de Itapagi. Parece que Gorete andou dizendo a Saionara que, quando quisesse ir visitar o irmão, ela não se importava de lhe fazer companhia.

Mas não houve médico nem remédio nem choque elétrico que curasse Ramiro daquele medo eterno de adormecer e sonhar. Dois anos depois, conhecido psiquiatra que vinha toda semana de João Pessoa para supervisionar o hospício de Itapagi apresentou, num congresso em São Paulo, um longo trabalho demonstrando mais uma vez que a falta de sonhos faz qualquer sujeito ficar louco. Aqui se diz que Ramiro ficou famoso.

Ressurreição

Nossos avós contam e recontam que no tempo antigo não faltavam aqui em Farinhada as visitas dos circos, as caravanas dos ciganos que tocavam, dançavam, liam as sortes e roubavam cavalos, com o que ninguém se importava muito, pela alegria e pela distração que ofereciam. Lembram-se dos espetáculos dos mais afamados mamulengueiros da região e dos artistas mambembes que vinham com suas carroças coloridas, transformavam vinho em água, faziam chover com céu azul e sol quente e contavam histórias extraordinárias. Mas já faz muito tempo que foram rareando e desapareceram, deixando o povo da vila entregue ao radinho de pilha. Foi por isso que a chegada do Circo Internacional Irmãos Palovsky, mais conhecido como Circo Frente Única, num fim de Quaresma, causou grande alvoroço no povoado.

Anunciava programa especial para a Semana Santa, com um repertório apropriado de dramas sacros. Armaram-se no campinho de futebol os farrapos de lona, que só cobriam mesmo a frente do picadeiro, junto à entrada. A meninada abandonou a escola, ofereceu seus préstimos em troca de um bilhete grátis para a primeira função, ajudou a armar as arquibancadas, a espalhar o pó de serra e causou o desaparecimento de várias galinhas dos quintais da vila, que acabaram regalando fartamente o triste leão meio desdentado.

Na tarde do Domingo de Ramos, a grande abertura da temporada. De dona Albanísia, com seus noventa e dois anos, a padre Franz, foram todos para o circo, atraídos pela placa meio descascada que anunciava: MADALENA E SALOMÉ. *Assista o corte da cabeça de São João Batista*. Riram com os palhaços, assustaram-se quando o domador enfiou a cabeça na boca do leão, apreciaram o sanfoneiro e as rumbeiras, maravilharam-se com o mágico. Mas quando se anunciou o início da segunda parte, em que se apresentaria enfim o grande drama, os aplausos explodiram mais fortes.

Saíram da vila e do tempo, viveram por duas horas na Palestina, envolvidos em profundas emoções. Nem repararam que a rainha Herodíades era banguela, que a donzela Salomé estava buchuda de sete meses, que a cabeleira de Madalena escorregara para um lado e que se tocava o nosso velho baião na corte do rei Herodes. As palavras desconhecidas que pontilhavam os versos alexandrinos em que se desfiavam as falas em nada diminuíam sua capacidade de comover. Quem não havia de entender os gestos fortes, as gargalhadas retumbantes, as mugangas de ódio, os sorrisos de bondade, as lágrimas e os gritos de dor e o sangue que espirrava da cabeça cortada de João Batista?

Voltaram todos no dia seguinte para assistir à repetição do mesmo drama, antecipando cada momento do enredo. Apreciaram duas vezes *Os milagres de Santa Luzia*, encantados pela coincidência com a padroeira de Farinhada, sem se dar conta de que de vez em quando um ator se enganava e referia-se a São Sebastião, padroeiro de Itapagi, como autor dos prodígios em questão.

Na Sexta-feira Santa, depois da Adoração da Cruz, padre Franz declarou que não, não era pecado irem ao circo naquele dia, já que o espetáculo se resumiria à *Paixão de Cristo*. Ficou o circo apinhado pela multidão, silenciosa e solene como convinha àquela triste data. Esperaram, pacientes, mas nada de começar a função na hora marcada. Percebia-se grande agitação por trás da cortina de lantejoulas desfalcadas que escondia o palco. Afinal, saiu de lá de dentro o dono do circo, olhou aflito à volta toda das arquibancadas e veio buscar, com uma expressão aliviada, o Mudinho, filho de dona Quitéria, reconhecido logo pelos longos cabelos que a promessa da mãe impedia que se cortassem. No caso, o ator que representava Jesus Cristo amanhecera com a cara inchada como uma bola e estava urrando de dor de dente. Já que o Cristo nada tinha a dizer, devia apenas carregar a cruz, apanhar chicotadas, morrer e ressuscitar, servia perfeitamente o mudo para o papel.

Iniciou-se finalmente o drama. O Mudinho, verdadeiramente atordoado, com um olhar doloroso que indagava por que estavam fazendo aquilo com ele, tornava ainda mais real e tocante a tragédia. O público exaltava-se mais e mais a cada cena. Insultavam-se Caifás e Pilatos, atiravam-se punhados de areia e serragem contra os centuriões romanos, gemia-se a cada chicotada, aplaudiam-se o Cireneu e a Verônica, vivia-se paixão e morte. O drama desenrolou-se sem outra interrupção senão o grito e o desmaio de Quitéria quando lhe crucificaram o filho.

Os raios e trovoadas que acompanharam o último suspiro de Jesus levaram ao auge a tensão da multidão e ninguém pôde mais contê-la quando chegou a hora de enforcar-se o Judas. Quando o mágico, irreconhecível por trás da barba postiça, pendurou-se na corda que pendia do mastro central, muitos saltaram das arquibancadas e avançaram contra ele, puseram-se a sacudir o mastro, a puxar-lhe os pés, gritando, "morre, morre logo desgraçado, traidor!", encorajados por toda a plateia.

O dono do circo desesperou-se, não fossem mesmo matar o pobre do Aristeu que tinha a mulher aleijada e cinco filhos para criar. Puxou o mudo da cruz, jogou-lhe nas costas um manto branco, empurrou-o para o alçapão no meio do palco, com uma das mãos tocou fogo no maço de fogos de artifício espetados no fundo da cena, com a outra esticou o mais que pôde a mola da engenhoca armada para levantar Jesus do fundo dos infernos e soltou-a. Lá se foi o Mudinho como um rojão, atravessou a lona esburacada e sumiu-se no céu.

O azul e o encarnado

Cícero Romão sentou-se no seu canto, bem para dentro da oficina, sobre o cepo tão velho e gasto por gerações anteriores que oferecia uma suave concavidade acolhedora para quem nele descansasse. Sentava-se sempre ali quando precisava adquirir certezas. Apoiou as costas na parede e olhou à volta o claro-escuro daquela quase caverna de seu pai sapateiro.

Tudo fora dele, a vila de Farinhada, nossa gente, nossa praça, o riacho, a serra do Pilão, parecia exatamente como sempre fora em seus dezessete anos de vida: o pai escarranchado sobre o banco que lhe servia de mesa de trabalho, bem junto à porta para aproveitar os restos de luz do sol enviesado do fim da tarde, acabando de pregar a meia-sola numa bota velha de Neco Moreno; seus amigos de fé, retornados do roçado, já banhados e ceiados, só aguardando o completo escurecer, encostados por ali, na calçada, ouvindo-o falar daquelas coisas que só ele sabia e que haviam de dar-lhes matéria para os sonhos da noite.

Para aqueles que jamais haviam largado do cabo da enxada ou da foice, no eito, que viveram sempre naquelas terras brejeiras ou, quando muito, deixaram alguma vez as serras e as vargens verdes de Farinhada para agarrar um outro cabo de enxada, virando massa numa obra em São Paulo, presos no alojamento miserável pela necessidade de poupar qualquer centavo para poder voltar ou pela ignorância e pelo medo do que havia lá fora, a conversa de Pedro de Antonino era a janela para um mundo de saber e de liberdade. Essas histórias nossos homens ouviam com assombro e recontavam, outra vez, reinventando até que se tornavam suas, encantavam e enchiam de medo as mulheres e moças de suas casas.

Filho do velho Antonino, filho de Simpliciano, filho de Sitônio, filho de Francisco, todos sapateiros e seleiros de ofício, finos artesãos de outros tempos, afamados pelos calçados perfeitos, pelas selas e bornais indestrutíveis, pelas belas canastras recobertas de barrocas volutas e pelas armaduras de couro ricamente adornadas que os vaqueiros do sertão vinham de longe encomendar, Pedro aprendeu, com as mãos, o ofício do pai como havia de ser. Não aprendeu, porém, não houve jeito, aquela placidez de artesão, na qual mestre Júlio Marceneiro ainda é mestre, aquela calma do coração, a paciência e a persistência necessárias para, de uma pele de rês dura e informe, pouco a pouco, com gestos mínimos e precisos, fazer coisa macia, de perfeita arte.

Aos catorze anos, já feito homem, grande e forte como um garrote, ganhou o mundo e, atraído pelo cheiro da maresia, foi-se para o lado do sol nascente. Arribou no porto de Cabedelo, engajou-se e embarcou no primeiro cargueiro que partia, sem saber para onde. Por muitos mares navegou, viu belezas e misérias inimagináveis, aprendeu retalhos de todas as línguas, aqueles que lhe serviam para viver e amar em qualquer lugar do mundo, até que o velho barco adernou e encalhou irremediavelmente junto à costa do sul. Farto de mar, Pedro reencontrou o gosto da terra firme e meteu-se de estivador no porto de Santos. Ali, em longas conversas com os homens mais velhos, encostado às sacas de café, à sombra dos grandes navios, descobriu a revolução que haveria de vir, a redenção dos desgraçados de toda sorte que pelo mundo vira. Com paixão entregou-se à luta, à organização dos trabalhadores, ao partido. Quando soube que se alistavam voluntários para defender a liberdade ameaçada em Espanha, fez as pazes com o mar e embarcou mais uma vez até aportar em Cádiz. Da Espanha derrotada seguiu com outros, cheios de paixão como ele, para a França, onde aprendeu a ler nas trincheiras da Resistência, lutou como um herói e de onde voltou para continuar a revolução do Brasil. Pouquíssimo durou-lhe a liberdade no porto do Rio de Janeiro: era grande demais, forte demais, apaixonado demais para passar despercebido. Acabou nas prisões da ditadura agonizante, onde romperam todos os seus ossos e onde o que viu quebrou-lhe alguma coisa no espírito. Foi Neco Moreno, seu antigo companheiro de correrias pela serra, que o encontrou esmolando nas ruas do Rio, meio aleijado, com o olhar desgarrado, o reconheceu quase por milagre e o trouxe de volta a Farinhada.

Por mais de ano não dizia nada que se pudesse entender, largado numa rede; aceitava a comida, obedecia quando o mandavam lavar-se, nada pedia. No princípio tentaram tratamentos, Farinhada inteira veio vê-lo e dar palpite sobre o que fazer com ele, sobre o que lhe teria acontecido. Passado o espanto, arrefecida a curiosidade, foram-no aceitando, assim mesmo, fraco do juízo, como um fato desses que não se tem de explicar nem mudar, só aguentar e cuidar como se deve de qualquer vivente. Só a prima, Maria do Socorro, tão teimosa que nunca na vida respondeu quando a chamavam Corrinha como as outras, nem aceitou nem desistiu de curá-lo. Entestou de tirá-lo da rede, de fazê-lo gente de novo e a isso dedicou inteiramente seus dias de moça solteira a caminho do caritó, sem outras responsabilidades. Passava os dias num tamborete ao pé da rede, bordando os panos de labirinto com que ganhava uns trocados, fazia-lhe perguntas e mais perguntas sem se importar com a ausência de resposta, contava-lhe casos, histórias de Trancoso, todas as miudezas do dia a dia de Farinhada e, quando se lhe acabava o assunto, cantava, cantava de benditos de procissão até forrós meio safados. Por mais de um ano, deu combate sem trégua ao silêncio de Pedro de Antonino e venceu: um dia ele finalmente despregou a vista dos caibros do telhado, olhou-a e disse "você é muito boa comigo, Maria do Socorro". Naquela noite ela se meteu na rede com ele. Casaram-se em menos de um mês e, quando Cícero Romão nasceu, Pedro de Antonino já tinha recuperado as velhas caixas com as ferramentas do finado pai e reaberto a oficina. Calado, sempre, mas agora sereno, artesão, ganhava o pão de sua pequena família com meias-solas e remendos, que esses já não eram mais tempos para a grande arte dos antigos.

A vida correu, por mais de sete anos, Maria do Socorro feliz, Cicinho crescendo, Pedro silencioso: nem à mulher contou o que se havia passado durante os anos em que desaparecera da vila. Assim teria continuado, que já se iam esquecendo dos tempos de ausência e doença do sapateiro, mas o rebuliço que andava acontecendo pelo país afora foi bater em Farinhada na pessoa de um jornalista e mudou uma vez mais a vida de Pedro de Antonino. Veio primeiro o repórter sozinho, perguntando por um tal Pedro Lima, filho daqui de Farinhada. Só havia um. Durante quatro dias perguntou, "o senhor foi estivador em Santos?", "esteve na Espanha?", "esteve na França?", sem resposta, sem cessar, sem desistir, até que Pedro de Antonino olhou-o como quem volta de muito longe e disse "sou eu". Daí em diante aconteceram, em pouco tempo, coisas que agitaram toda a vila e encheram de orgulho a todos os farinhenses, ainda que não entendessem completamente o que aquilo tudo significava. Partiram e chegaram telegramas, armou-se palanque, vieram fotógrafos, veio a banda de Itapagi, veio o prefeito e com ele um estrangeiro, apresentado como cônsul da França, fosse isso lá o que fosse. A banda tocou, fizeram-se inúmeros discursos, tudo transmitido pelo rádio, chamaram Pedro de Antonino de herói, pregaram-lhe no peito uma medalha e foram-se, deixando o povo de Farinhada feliz e embasbacado. Nos dias que se seguiram houve gente da vila que deixou seus afazeres para plantar-se em frente à oficina do sapateiro, olhando-o com assombro, esperando resposta para sua muda pergunta e ouvindo o silêncio de Pedro de Antonino até que, num fim de tarde, ele começou a contar e contou a noite inteira, até o dia amanhecer. Desde então retomou o gosto de navegar, pelas lembranças, embarcado nas palavras. Cícero Romão foi, desde aquela noite, o seu mais atento ouvinte e com o pai escutava, no meio da noite, a voz longínqua e entrecortada que vinha pelo velho rádio, falando de lutas heroicas na selva, dos jovens que davam a vida pela libertação do povo, da revolução que enfim se aproximava da vitória.

Tudo parecia igual na porta da oficina, mas dentro de Cícero Romão morrera de vez o menino e despontara um homem. Maria do Socorro quis que ele fosse Cícero Romão pela promessa que fizera para salvar a vida de Pedro de Antonino. A mãe chamava Cicinho, o pai dizia Romão e para si mesmo foi Cicinho até aquela noite em que, assim de repente, se sentiu virar Romão. Aquela noite ainda não findara para ele, prolongara-se, atravessando a luz do dia, que já se ia embora novamente sem que ele tivesse adormecido nem por um instante, cabeça e coração girando num remoinho de azul e encarnado desde que a imagem de Joelma lhe entrara pelos olhos adentro.

Naquele domingo, Cicinho vestiu-se com a camisa nova, rapou a barba ainda rala, amarrou no pulso a fita encarnada, como todos os seus amigos, e juntou-se com eles em frente ao tablado armado na praça para a brincadeira do pastoril. Era combatente fiel do encarnado, como não podia deixar de ser.

Aplaudir o azul era aceitar a sujeição à ordem, aclamar o vermelho era, de algum modo, ainda que passageiro, virá-la pelo avesso. A festa anual do pastoril, para os inconformados e até então vencidos, era a ocasião de gritar a plenos pulmões, sem risco imediato, o protesto por quanta injustiça e sofrimento houvesse, de manifestar a esperança de vitória, embora o azul, já se sabia, ganhasse sempre porque era o lado onde estavam o dinheiro e todos os xeleléus do poder.

Aquelas disputas entre o azul e o encarnado, aqui em Farinhada, são bem mais do que rivalidade fingida, criada na hora da festa pela preferência por uma pastora, para causar despeito a outra ou porque um desafeto qualquer trazia uma fita da cor contrária. Jamais ninguém o disse abertamente porque toda a gente sabe muito bem que o azul era de Assis Tenório e o encarnado era de Pedro de Antonino. Não que o sapateiro jamais tivesse tomado a frente de nada nem se metido com a política de Farinhada, mas, desde a revelação de sua história, tornara-se o símbolo extremo da resistência surda de muitos pobres de Farinhada aos desmandos do fazendeiro e de todos os grandes deste mundo. Quando os generais tomaram conta e começaram a prender gente por tudo e por nada, Assis Tenório denunciou o sapateiro comunista, mas, a pedido de padre Franz, o bispo intercedeu e livrou Pedro, alegando que era aleijado e meio louco.

A praça cheia, as luzes fortes da gambiarra improvisada para o espetáculo, a música de sanfona, triângulo e pandeiro, os gritos da multidão de um lado e de outro produzindo aquela crescente euforia na espera da entrada das pastoras. Era fácil deixar-se envolver pela emoção passageira, sem compromissos nem consequências, e Cícero Romão deixou-se levar, gritou, riu e saltou com os outros, numa explosão de entusiasmo, quando surgiram no tablado as duas filas de meninas escolhidas para aquele embate. Os rapazes agitaram-se com a revelação daquelas que durante o ano haviam passado a cerca entre a infância e a juventude e ali apareciam, atraentes como frutas de vez, já madurando, em ponto de colher-se antes que outro o fizesse. O cetim azul ou encarnado, refletindo a luz da gambiarra, realçava os peitinhos recém-nascidos, as ancas arredondando-se, os músculos fortes das coxas, revelando, enfim, a moça antes escondida numa menina magricela.

Cicinho, como os outros, avaliava as pastorinhas, imaginando com qual daquelas, de vestido cor de sangue, brincaria aquele ano, trocaria olhares e recados, se achegaria aos poucos para roubar um beijo ou outro, dançaria nos forrós de São João, até que chegassem o próximo pastoril e um novo gosto; para isso estava preparado, bastava escolher, era grande e forte como fora o pai e diziam que era bonito, gentil e engraçado, qualquer moça o aceitava. Já estava por escolher entre as duas mais bonitas dançarinas do encarnado quando, ainda indeciso, olhou para os lados do azul. Viu primeiro as pernas morenas, rodopiando, torneadas pelas correrias no campo, pelas escaladas de mangueiras e cajueiros; olhou a cintura azul, girando, tão bonita como as outras vestidas de vermelho, mas quando deu com o rosto risonho e corado e os olhos verdes foi que se perdeu. Ali, naquele segundo, deixou de ser Cicinho que se enrabichava por qualquer moça bonita e tornou-se Romão, perdidamente apaixonado, por toda a vida, por aquele turbilhão azul e verde. Só reconheceu quem era ela quando viu Adroaldo, chefe dos capangas de Assis Tenório, tomá-la pela cintura, à descida do tablado, rindo, todo orgulhoso.

Fugiu dos amigos, na confusão do fim da festa, correu na escuridão atrás do jipe de Adroaldo, sem esmorecer nem tropeçar nas pedras, atravessou as cercas da fazenda sem cortar-se nos arames, esperou que as luzes se apagassem e chegou-se junto à casa sem atrair os cães ferozes, protegido pelo amor. Soube imediatamente, sem nenhuma dúvida, qual era a janela do quarto dela, bem em frente à enorme mangueira velha do terreiro, na qual ele subiu e de onde vigiou, sem se cansar, a noite inteira. Quando a primeira luz insinuou-se no horizonte, assobiou como o concriz, para que fosse dele a primeira saudação do dia à sua amada, e foi-se. Vagou o dia todo, sozinho, levando-a consigo pela mata e pelos morros, até o entardecer.

A descoberta de que aquela era Joelma, filha única do inimigo, atiçou a brasa no peito de Romão e deu sentido à inquietação que o assaltava, nos últimos tempos, desde que dera para andar sozinho nas noites de lua, embrenhar-se escoteiro pela mata, de madrugada, atrás de passarinho cantor, ou deixar-se estar sentado em sua pedra, num cimo da serra, mirando o horizonte, aquela vontade de correr mundo, de navegar, de ir aos extremos, de pôr-se à prova. Haveria de correr o mundo verde dos olhos dela e todos os riscos por causa dela. O que lhe acontecera vinha carregado de perigos, é certo, mas, naquele momento, não eram mais que desafios que o exaltavam, empurravam-no para a frente, prometendo aventura e, por fim, felicidade. Sentado no velho cepo, encostado à parede da oficina do pai, imaginando traçou os caminhos que haveria de percorrer nas semanas seguintes.

Engenhosamente, Romão urdiu a rede de cumplicidades que levaram e trouxeram recados. Ela o queria também, que já o vira e o quisera quando ele mal sabia que ela existia. Ele estaria todas as noites escondido na mangueira velha, velando o sono dela. Ela deixaria a janela aberta para que ele pudesse vê-la dormir à luz das estrelas. Ele cantaria como o concriz a cada madrugada, para despertá-la. Ela lhe falaria pelos sinais pendurados à janela: um pano vermelho diria "perigo", um pano branco, "espero-te esta noite", um lenço azul, "amo-te para sempre". Ele subiria todas as tardes à sua pedra no morro, onde ela poderia vê-lo dos altos onde morava. Ela lhe mandaria beijos através do vento. Ele lhe mandava esta romã madura, ela bordara para ele este lenço com R e J para sempre entrelaçados. Ele iria roubá-la na oitava noite depois do Dia de Reis. Ela iria com ele até o fim do mundo. Haveriam de casar-se no dia seguinte à fuga. Ela, de coração, já estava casada com ele.

Não houve tempo. Adroaldo soube de tudo antes da oitava de Reis, que nesta terra sempre existe maldade espreitando. Não matou Romão porque já tinha processo na justiça por acusação de morte e chegara a Itapagi um promotor novo, metido a besta, que ainda não se pudera intimidar. Deu uma pisa na filha e mandou-a no dia seguinte para a casa do tio em São Paulo, conduzida por duas tias de toda a confiança porque em tudo dependiam dele. Romão quis atirar-se na frente do opala preto que levava Joelma para a rodoviária de Itapagi. Foi detido por padre Franz, que o arrastou para longe e teve de sacudi-lo com força para que ele ouvisse: "Calma, fique quieto que ela lhe deixou recado e tudo vai se ajeitar."

Romão viveu semanas entre a angústia e a esperança. Sumia, sozinho, pelos campos e montes, que não queria ver ninguém nem falar com ninguém para não deixar de pensar nela nem por um minuto. Embrenhou-se pela mata fechada das terras de Assis Tenório, exaltado pelo gosto de perigo, para ir buscar a seda das teias de enormes aranhas que só ali havia e teceu uma irisada manta para o enxoval de sua noiva, colheu pelos campos as plumas perdidas pelos passarinhos para fazer-lhe uma almofada, garimpou pedrinhas coloridas no leito dos riachos para compor-lhe um colar, acumulava para ela um tesouro que as artes do amor criavam. Ao entardecer corria à sacristia de padre Franz em busca da carta prometida.

Passava o tempo, no peito de Romão a angústia, aos poucos, encurralando a esperança. Farinhada, dividida, aqui azul, encarnada acolá, vigiava e aguardava ainda algum desfecho.

Ao chegar, enfim, a padre Franz a fotografia já havia corrido o povoado, de mão em mão, desde aquela manhã, quando Adroaldo aparecera com ela no bar Delícia, deixando-a displicentemente em cima do balcão e anunciando, para que todos ouvissem e espalhassem, o casamento consumado da filha com um comerciante bem estabelecido em São Paulo.

Toda a vila já vira Joelma vestida de noiva e comentara que estava outra, diferente, tão mais crescida, encorpada. Só Romão, extraviado pelos campos, ainda esperava. Sentiu os olhares, o silêncio, o respeitoso cuidado com que se afastaram todos para deixar-lhe o caminho livre, quando atravessou a vila, ao pôr do sol. Pressentiu.

O padre quis amortecer o golpe, mas não soube como: Romão já lhe chegou desvairado, enlouqueceu, uivou de dor três dias e três noites até esgotar-se e silenciar. Não fosse filho de Pedro de Antonino, talvez tivesse apenas acabado de afogar a mágoa na cachaça e no cabaré de Itapagi, mas Cícero Romão era, sim, filho de Pedro. Quis que a vida se acabasse toda, que já de nada lhe valia o resto que lhe ficava. Atraído pelo cheiro de pólvora e sangue, foi-se, no rumo do Araguaia, sem nada saber senão do risco. A mãe verteu um mar pelos olhos, o pai trancou-se no silêncio.

Chegaram, no mesmo dia, a notícia da morte de Romão, estirado na lama, vendo o céu azul tingir-se de encarnado, cortado por rajada de metralhadora, e a carta de Joelma para padre Franz, dizendo que aproveitara a confusão da festa do casamento da prima e havia escapado para Santos, conseguira emprego numa casa de família e dava o endereço para que Romão fosse buscá-la como combinado, que morria de saudades, que só pensava nele. O padre chorou feito criança, sem ter tomado nem uma gota de aguardente naquele dia.

Vou-me embora...

Paulo Afonso pôs com cuidado o ponto final na última linha e ficou olhando, espantado, para o que acabara de escrever. Mais uma vez acontecera-lhe aquilo, as palavras que não sabia donde vinham moviam-se em sua cabeça, cada vez mais nítidas, combinavam-se, impunham-se e não o deixavam pensar em mais nada até que as escrevesse no papel para livrar-se delas. Sofria o tormento das palavras invasoras, às vezes por muitos dias, até que conseguisse um momento de solidão para escrevê-las em segredo.

Tirou os óculos e esfregou os olhos como quem acaba de acordar, levantou-se do tamborete e sentiu a fisgada na perna. Por causa daquela perna, pensou, estava ali escrevendo aquelas coisas. Uma perna um pouco mais fina e curta do que a outra, uma magreza resistente a qualquer papa de fubá ou rapadura e estava selado o seu destino: para o roçado não servia, havia de ser professor. De Professor o chamaram, desde criança, ainda no sítio, muito antes que o mandassem para a casa de tia Pequena em Farinhada, perto da escola, muito, muito antes de tornar-se o único da vila a formar-se no curso pedagógico do colégio das freiras de Itapagi, graças ao padre Franz, que lhe arranjara bolsa de estudos, moradia e mesa na casa do velho padre Joaquim.

Ouviu bater a cancela do terreiro, agarrou a folha de papel e correu para escondê-la na escarcela preta, o coração em sobressalto. Quase não conseguiu enfiar de novo a escarcela atrás do guarda-roupa: estava ficando muito grossa, inchada de folhas de papel como aquela, cobertas com seus poemas. Poemas... De uns tempos para cá passara a chamar poemas aqueles seus escritos. Hesitara muito, sem ousar. Pensar-se como poeta fora uma conquista penosa, custara-lhe anos de incerteza, de aperreio, de angústia mesmo, vivida em silêncio. Ainda agora dava-lhe medo.

A mulher já abrindo a porta da cozinha, o Professor respirou fundo para voltar ao todo-dia. Lindinaura... O nome que o seduzira, longo e sonoro, o nome que o enganara... Só o nome explicava por que aquela e não outra qualquer. Quando se formou, fez vinte anos e arranjou emprego de professor municipal, já não havia motivos para continuar solteiro. Havia-os, sim, para casar-se: as urgências da tradição e do corpo. As moças todas tão parecidas! Enquanto estudava pouco pensara nelas; as ricas do colégio das freiras eram como estrelas longínquas, as pobres de Farinhada estariam sempre aqui, não havia pressa.

Pelos gemidos da mulher, na cozinha, sabia que estava tirando os sapatos de ir à rua. Desde mocinha usava sapatos apertados para obrigar à elegância os pés esparramados de quem cresceu descalça; depois, roupas apertadas para amoldar o corpo rechonchudo ao modelo das artistas da televisão, e o constante trabalho de esticar e oxigenar os cabelos para esconder a cabocla que ela era. O empenho em não parecer o que de fato eram — ele, diferente dos outros, ela, uma mulher como tantas outras de qualquer vilarejo — conduzia-os, havia muito, por caminhos cada vez mais divergentes.

O Professor encolheu-se na penumbra do quarto, desejando que a imobilidade e o silêncio pudessem fazê-lo desaparecer daqui, ir para bem longe, para algum lugar de nome longo e misterioso ao qual ele de fato pertenceria... Para Pasárgada... *"Vou-me embora pra Pasárgada..."* Entre todos os poemas que vinham no livro de português do curso pedagógico, era o que mais o encantava. Aquele primeiro verso, um refrão mágico, repetido interiormente vezes sem fim, tinha o poder de esconjurar seus medos, os sentimentos de desconforto, de solidão, de estar fora de lugar junto aos outros rapazes, duros e fortes, quase sempre alegres, para quem o melhor da vida estava ali, à mão: uma bola, uma garrafa de cana, um forró e as moças, todas as moças, qualquer uma das moças. Ele, meio coxo, um fracasso no futebol e no forró, com meia dose de cana adoecia e não conseguia ver nas moças que conhecia a beleza extasiante que os poetas cantavam.

Lindinaura veio até a porta do quarto, jogou os sapatos e meteu os pés nos chinelos. Uma réstia de sol ainda entrava pela porta da cozinha, ela não percebeu o marido na sombra, sentado de mau jeito numa beira da cama. Uma lufada de perfume forte e adocicado atingiu as ventas do Professor e deu-lhe náusea. Ah, se soubesse onde ficava Pasárgada! Por anos tentara descobrir, mas aqui ninguém lhe soubera dizer, nem mesmo o padre Joaquim, que lia até em latim e grego: "inventos de Manuel Bandeira... Quem sabe...", respondia distraído. Paulo Afonso esquadrinhara os atlas do velho padre, a enciclopédia amarelada e rota, começando pelas regiões mais longínquas, onde talvez ainda houvesse reis.

Nunca pudera encontrar Pasárgada e acabara por voltar sempre, esmorecido, a Itapagi... A Farinhada não podia voltar porque não aparecia em nenhum mapa. Com o tempo, já nem buscava mais precisamente aquela terra, simplesmente vagava, ao léu, por caminhos imaginários, enquanto padre Joaquim cochilava na cadeira de balanço. Ia escolhendo e colecionando nomes de lugares encantados que copiava num caderninho e escondia como um tesouro: Karakoran, Bangalore, Anatólia, Bucaramanga... Muito longe, para além de oceanos e cordilheiras... Ou Almenara, Parintins... Até Alhandra, Sirinhaém, logo ali, a apenas alguns milímetros de distância. Dos nomes terrestres passou aos nomes das estrelas: Sírius, Canopus, Antares, Aldebará... Um dia haveria de partir. Havia dez anos que estava aqui, casado com Lindinaura.

A mulher ligou o rádio. A voz melosa do cantor brega encheu a casa, encobrindo o som dos grilos que já despertavam e a zoada dos passarinhos ajeitando-se para dormir na jaqueira do quintal. Era o cantor preferido de Lindinaura, naquele ano; no ano passado era outro e outro seria no ano seguinte, aquele que mais tocasse na Rádio Clube de Itapagi. Ela colava nas paredes os retratos do preferido, arrancados das revistas amassadas que comprava barato de terceira ou quarta mão. Uma das paredes do quarto estava coberta por várias camadas das sucessivas paixões e infidelidades musicais da mulher que o Professor suportava resignado.

A dor na perna pegou de vez e cresceu, favorecida pela imobilidade forçada. Ele resistiu à vontade de mexer-se para aliviar a dor. Era sua dor, sua marca, de algum modo ligada ao seu ser de poeta. Uma vez o padre Joaquim havia traduzido e explicado os versos de um francês que comparava os poetas a um grande pássaro marinho, belo, imponente e harmonioso quando nos ares, em pleno voo, mas troncho e ridículo ao pousar em terra arrastando asas grandes demais. Quando se reconheceu poeta, a lembrança daquele poema trouxe-lhe consolação e sentido para a dor de ser diferente que o atormentava desde menino, para a tristeza da perna fina e fraca, para o sofrimento de ser sempre o alvo da mangação dos outros quando tentava entrar nas peladas disputadas na vargem do riacho.

Ouviu Lindinaura mexendo nas panelas. Se aguentasse ficar bem quieto, talvez ainda tivesse algumas horas de paz, porque ela não podia adivinhar que a reunião dos professores da prefeitura de Itapagi fora suspensa naquela segunda-feira e estava pensando que ele só voltaria tarde da noite, quando a caminhonete do Galego fosse buscar os estudantes. Com certeza ela saía logo para comer na casa da mãe e ver a novela na televisão da praça. Não precisava enfrentar logo o ar de nojo na cara pintada da mulher dizendo "Já chegou, coisa troncha? Já está aí, cabra sem serventia?". Faltava-lhe imaginação para inventar outros insultos... O Professor já nem se lembrava bem de como era Lindinaura nos primeiros tempos de casada, quando ainda conservava alguma coisa do viço e da timidez de moça e se pabulava de ser esposa de um homem de muita leitura que aos vinte anos já usava óculos. Os filhos não vieram e na vila começou-se a indagar se era secura dela ou frouxidão do marido. Lindinaura, com todo o apoio da mãe, decidiu que era a fraqueza dele, só podia... E ainda por cima aquela porcaria de salário de professor municipal... E ele que não fazia nada para melhorar de vida, vivia com ar de leso, olhando pra lua e lendo sempre os mesmos livros... Nem para comprar uma televisão... Para que servia ser formado? Melhor que fosse analfabeto, mas macho o bastante para ganhar dinheiro, tirá-la daquele fim de mundo, dar-lhe a vida que ela merecia.

Silêncio repentino na cozinha, a porta batendo, Paulo Afonso respirou aliviado, "ela afinal foi-se embora...". Levantou-se da beira da cama onde estivera sentado, chegou junto à janela e olhou distraidamente pela fresta larga, entre as tábuas mal-ajustadas, bem a tempo de ver, no lusco-fusco do entardecer, os dois vultos metendo-se por entre os pés de urucum, uma mão afoita já levantando a saia apertada de Lindinaura. Ficou ali, abestado, até que, segundos ou horas depois, quem sabe?, o sentido do que vira clareou-se e começou a sentir coisas esquisitas: o peito estufando-se, uma comichão nas costas que imaginou ser o anúncio de que, afinal, desdobravam-se as asas por tanto tempo recolhidas... Um gosto de liberdade na boca aberta.

Quando Lindinaura voltou, arrancando os carrapichos da roupa e da cabeleira, encontrou aberta a porta da cozinha, a luz da casa acesa, chamou e ninguém respondeu, assustou-se, espiou para dentro do quarto e viu o guarda-roupa afastado da parede, saiu feito doida gritando "ladrão!". Veio quase toda a vila socorrê-la, Neco Moreno na frente de arma em punho, os três soldados mais atrás porque estava em falta a munição e depois deles o povo todo, ávido de acontecimentos. Vieram examinar a casa em busca de pistas. Não dava falta de nadinha, disse Lindinaura. Deram batida no mato por perto da casa e encontraram, por trás dos urucuns, entre as touceiras de banana, um toco de cigarro apagado havia pouco, a areia remexida como se alguém se tivesse deitado ali, de tocaia com certeza, mas não acharam ninguém. Não se vira nenhum estranho em Farinhada naquele dia. Esperaram por Paulo Afonso, que não chegou nem nessa noite nem no dia seguinte e nem no outro e começaram a ligar o caso do ladrão com o sumiço do Professor. Nenhuma notícia dele em Itapagi. Já se falava em mistério... Deram-no por desaparecido e Lindinaura chorou como devia. A única possível pista para resolver o mistério foi um pedaço de papel que dias depois um pé de vento fez revoar no terreiro, no qual estava escrito, com a letra caprichada do Professor: "*Vou-me embora pra Pasárgada...*"

Por vários dias anunciou-se no rádio: "Quem souber informar onde fica a localidade de nome Pasárgada, repito, Pasárgada, é favor comunicar ao nosso programa, aqui na Rádio Clube de Itapagi, ou mandar recado para o padre Franz, em Farinhada, que será bem recompensado." Nenhuma informação, até hoje. Ninguém por aqui soube onde ficava essa tal Pasárgada, nem o padre, que é até do estrangeiro e sabe tudo, nem aqueles que foram e voltaram de São Paulo, do Rio de Janeiro e muito menos os que vivem aqui mesmo a vida completa, do começo ao fim. De vez em quando alguém ainda marca alguma coisa no tempo como "a semana em que Paulo Afonso foi-se embora pra Pasárgada".

1ª EDIÇÃO [2015] 2 reimpressões

ESTA OBRA FOI COMPOSTA PELA ABREU'S SYSTEM EM ADOBE GARAMOND
E IMPRESSA EM OFSETE PELA GRÁFICA BARTIRA SOBRE PÓLEN BOLD DA
SUZANO S.A. PARA A EDITORA SCHWARCZ EM FEVEREIRO DE 2022

A marca FSC® é a garantia de que a madeira utilizada na fabricação do papel deste livro provém de florestas que foram gerenciadas de maneira ambientalmente correta, socialmente justa e economicamente viável, além de outras fontes de origem controlada.